BALKAN-EXPRESS

CPI
Mehr Bäume.
Weniger CO_2.
www.cpi-print.de/umwelt

FSC
www.fsc.org
MIX
Papier | Fördert
gute Waldnutzung
FSC® C083411

Markus Posset
Quinton Aaron:
Balkan-Express

www.edition-a.at

Cover: Bastian Welzer
Satz: Sophia Stemshorn

Gesetzt in der Premiera
Gedruckt in Deutschland

1 2 3 4 5 — 25 24 23 22

ISBN 978-3-99001-636-7

MARKUS POSSET
QUINTON AARON

BALKAN EXPRESS

Eine Geschichte über die Wahrheit

edition a

»GONZO: Wenn die subjektive Wahrnehmung näher an die Wahrheit herankommt, als es der objektive Journalismus jemals tun könnte.«

– Bernard Schilling

PROLOG

Als ich im Frühjahr 2014 bemerkte, dass ein Journalist heute nicht mehr ist, als ein ausrangiertes Werkzeug des Systems und dass Reichweite und Interaktionen die einzigen Indikatoren geworden waren, warum Nachrichten überhaupt noch irgendwohin geschrieben werden, wusste ich, dass ich eine Entscheidung zu treffen hatte.

Ich hatte es als Journalist nicht weit gebracht, so viel kann ich sagen. Als Angestellter einer Gratis-Wochenzeitung bestand meine Arbeit mehr in der Ankündigung regionaler Veranstaltungen als in Untergrundrecherchen für die Enthüllungen eines Skandals. Die Anstellung war als Sprungbrett gedacht. Als Startschuss für die erfolgreiche Laufbahn eines spätberufenen Journalisten, als den ich mich sah. Heute lebe ich mit der Gewissheit, dass ich nie ein solcher gewesen bin.

Denn noch bevor der Journalismus mein Interesse geweckt hatte, wollte ich als erfolgreicher Buchautor von Lesung zu Lesung pilgern und meinem Publikum mit fantastischen Geschichten alle Emotionen ins Gesicht zeichnen, die es so gibt in einem Leben. Trauer und Angst, Ärger und Ekel, Überraschung und Freude. Das Problem dabei: Es war viel leichter als angehender Journalist in einem Medienhaus unterzukommen als in einem Publikumsverlag als angehender Autor. Außerdem musste ja auch das Geld zum Leben irgendwoher kommen, auch wenn ich als Junggeselle nur für mich selbst sorgen musste. Doch hatte ich mit mir selbst schon Sorge genug.

Der Platz, den mir die Welt zugedacht hatte,
war mir so fremd, dass ich mich überall wohler
fühlte als dort, wo ich war.

Es war das Schreiben, das mich von allen Ängsten, die mich den Tag über erdrückten, befreite und da stand seit jeher die Angst zu versagen ganz oben auf der Liste. Woher sie gekommen war, weiß ich nicht. Das Schreiben jedenfalls bedeutete Befreiung, Freude und Genugtuung. Genugtuung für die Strapazen, die ich Nacht für Nacht auf mich nehme. Wenn sich das geschriebene Wort irgendwo zwischen einer halbleeren Whiskyflasche und den letzten Bröseln einer abgesägten Marihuana-Staude in eigenwilliger Art und Weise zeigt. Wenn sich am Höhepunkt der Geschichte alles zusammenfügt und ich hilflos gegen die Zerstreuung anschreibe, die mich sonst immer begleitet, dann weiß ich: Nichts sonst auf der Welt könnte mich jemals mehr befriedigen. Das Schreiben war Entschädigung und es war überlebenswichtig. Was hätte ich mit meinem Leben auch sonst anfangen sollen?

Dennoch nahm ich meine Arbeit als Journalist ernst. Statt nur als einer zu arbeiten, versuchte ich, einer zu sein. So gut ich konnte. Ich besuchte Schulen und eignete mir alle Fähigkeiten an, die es für diesen einst so ehrenwerten Beruf benötigte und durfte schließlich die eine oder andere Geschichte recherchieren, die tatsächlich investigativen Charakter hatte. Das bereitete mir Freude, eine Weile lang. Nur erkannte ich schleichend, wie begrenzt der Journalismus im Land geworden war. Und das machte mich fertig.

Das Problem dabei waren nicht die Qualitätsmedien, sondern der Boulevard, der seine Berechtigung irgendwann in den letzten Jahren verwirkt hatte. Sensationslust über journalistische Pflichten zu stellen, kannte ich bisher nur von schlechten Parteizeitungen, wobei ich nicht sicher bin, ob es auch gute gibt. Dem Boulevard geht es um Schnelligkeit und Quantität, um Likes und Shares oder kurz gesagt, um Reichweite und Verkaufszahlen. Sie befeuern den Verfall der Sprache, weil es den Menschen offenbar nicht zumutbar ist, einen Satz sinngemäß zu erfassen, wenn er mehr als sieben Wörter lang ist. Und auch der schlichte Fakt musste irgendwann dem aufgeblasenen Szenario weichen, womit der Boulevard einen wesentlichen Beitrag zum Verfall des Journalismus leistete.

Die Frage, die sich mir also schleichend aufdrängte, war, ob ich als Journalist in dieser Welt meiner Tätigkeit überhaupt noch nachgehen konnte, wie es sich gehörte. Beim Gedanken an meinen Chef konnte die Antwort nur *Nein* heißen. Auch ihm war der Konkurrenzvorsprung wichtiger als die journalistische Sorgfaltspflicht und dabei bediente er sich aller Mittel, die es benötigte. Und spätestens da erkannte ich, dass dieser mir so liebgewordene Beruf nicht mehr war als eine schöne Etikette, hinter der sich nichts verbarg als die verlogenen Gedanken einer ganzen Generation, weil viele Menschen an der Wahrheit gar kein Interesse mehr hatten.

Es gab links und es gab rechts. Für oder dagegen. Freund oder Feind. Schwarz oder weiß. Was es nicht mehr gab, waren Reflexion, Vielfalt und Verständnis.

Und ganz gleich, welcher Seite jemand angehörte, legte man sich die Wahrheit so zurecht, dass sie in das eigene Ideologiebild passte, um auch weiterhin für die *richtige* Seite einzustehen. Denn seien wir uns ehrlich: Liegt die Wahrheit nicht ohnehin im Auge des Betrachters? Ist Objektivität nicht einzig und allein das Produkt der eigenen Wahrnehmung? Ein Hirngespinst? Eine Illusion? Wie objektiv ist der klassische Journalismus tatsächlich? Vor allem, wenn wir bedenken, dass ein Journalist die Situation aus nur einem einzigen Blickwinkel betrachtet, den in der Regel andere für ihn ausgesucht hatten. Das Medium, für das er arbeitet oder der direkte Vorgesetzte.

Ein Journalist hatte sich in einem gewissen Rahmen zu bewegen. Zumindest habe ich diese Erfahrung gemacht und sah dieses Phänomen bei anderen Kollegen, die sich von Journalisten mit den besten Absichten in politische Pressesprecher verwandelt hatten, aber nach wie vor in der Funktion des Journalisten tätig waren. Besonders an mir selbst konnte ich das beobachten und es war das schlimmste Gefühl, das ich jemals gespürt hatte.

Es stellte sich mir also die Frage: Was tun? Sollte ich weiterhin in diesem Hamsterrad aus Bedeutungslosigkeiten blind vor mich hin strampeln, nur um am Ende sagen zu können, ich hätte es ja versucht? Und hätte nach bestem Wissen und Gewissen gehandelt, nur um mein eigenes Gewissen zu beruhigen, weil einem Journalisten in diesen Tagen ohnehin die Hände gebunden waren? Ich entschied mich schlussendlich für die Kündigung, hatte aber einen letzten Job zu erledigen, der mir eine neue Tür öffnen sollte, durch die hindurchzugehen es einiges an alternativen journalistischen Stilmitteln bedurfte.

Doch hatte ich zu diesem Zeitpunkt nichts mehr zu verlieren. Es war ein Versuch, die Objektivität in der Subjektivität zu suchen und dadurch ein größeres, umfassenderes und eindringlicheres Bild der Gesamtsituation zu zeichnen. Ob es schlussendlich auch abgedruckt werden würde, stand in den Sternen, doch war es mir, um ehrlich zu sein, so ziemlich scheißegal.

I

EIN ANGRIFF AUF DAS OBJEKTIVE

In einer Welt voller Annehmlichkeiten ist der Blick auf die Wahrheit verstellt. Es zählt nur die eigene, ganz egal, wie abstrus, verlogen und falsch sie ist.

DER JOB

Die zu recherchierende Geschichte handelte von einem jungen Mann, den Grenzpolizisten vor einigen Monaten mit zwanzig Kilogramm Marihuana im Kofferraum seines Wagens an der serbischen Grenze verhaftet hatten und der seither in einem kleinen Ort namens Vranje in Untersuchungshaft vor sich hinvegetierte. Acht Jahre, so lautete das Urteil. Mein Boss, ein versoffener Nazi, für den ein *Tschusch* ein *Tschusch* war und sonst nichts, wies mich an, dorthin zu reisen, um den guten Herrn zu interviewen.

»Ich würde es ja selbst machen, aber lieber lass ich mich von einem Schimpansen in den Arsch ficken, als dass mich dieses Gesindel zu Gesicht bekommt«, stieß er aus, ehe er ein riesiges, vor Fett triefendes Stück von seinem Döner biss. Und das war an Eindeutigkeit kaum zu überbieten.

Es hatten bereits verschiedene Medien darüber berichtet, wobei die Berichte untereinander nicht zu unterscheiden gewesen waren. *Junger Drogendealer verhaftet* war da zu lesen oder *Endstation Serbien* oder *Drogenring gesprengt, Kurier hinter Gittern*. Es war sowieso immer gleich von einem Drogenring die Rede. Da konnten auch nur zwei Personen involviert gewesen sein – die Behörden hatten erfolgreich einen Drogenring gesprengt. Letzten Endes war es eine Meldung wie alle anderen auch. Jemand wurde mit Drogen im Gepäck angehalten. Punkt. Immerhin hatte sich ein gewissenhafter Redakteur nur an die großen W's zu halten: Was. Wann. Wo. Warum. Wobei das Warum in diesem Fall der Geschwindigkeit zum Opfer gefallen war, mit der Nachrichten heutzutage in Umlauf gebracht werden müssen.

Walter K. aus Oberösterreich wurde an der serbischen Grenze verhaftet und zu acht Jahren Haft verurteilt. In seinem Wagen befanden sich zwanzig Kilogramm Cannabis-Kraut. Das Urteil ist nicht rechtskräftig.

Und was gab es da auch mehr zu sagen? Ein Schuldiger war gefunden. Jemand wurde verhaftet und die Information an den Mann gebracht. Ende der Geschichte. Dementsprechend hatten sich die Menschen auch in den sozialen Medien schnell ein Urteil gebildet.

Geschieht ihm recht; soll er da unten verrecken; kein Mitleid für Drogendealer; hoffentlich bekommt er unter der Dusche, was er verdient.

Es war beängstigend. Jeder hatte eine Meinung dazu, niemand aber kannte die Geschichte. Ein Spiegelbild unserer Gesellschaft oder die Reaktion auf Berichterstattungen ohne Tiefgang – letzten Endes läuft es auf dasselbe hinaus.

»Wir werden einiges an Proviant benötigen«, hörte ich Damian sagen, während er einen riesigen Grasklumpen in seine Pfeife stopfte und wenige Sekunden später den Rauch aus Mund und Nase entweichen ließ. Und da hatte er nicht unrecht. Schließlich ging es um die Wahrheit. Die Wahrheit über ein unbeachtetes Stück Bedeutungslosigkeit, die niemandem sonst weiterhelfen würde als der betroffenen Person, die sich im Übrigen Walter Kanelopolus nannte und im Alter von 24 Jahren ziemlich unüberlegt gehandelt hatte. Armes Schwein, dachte ich. Was hatte er sich bloß dabei gedacht?

Damian, ein Kerl von zwei Metern und mit polnischen Wurzeln, der für gewöhnlich sozial benachteiligte Kinder unterrichtete und somit derjenige von uns beiden war, der tatsächlich einer bedeutsamen Arbeit nachging, reichte mir eine Flasche Budweiser. Wir saßen im Garten eines gemeinsamen Freundes, der verreist war. Hoch oben, direkt an der alten Stadtbefestigung der ältesten Stadt in Österreich, mit einem Ausblick beinahe über die ganze Welt, wie es schien. Damian wollte mich begleiten. Er hatte Ferien und er war ein Freund großer Abenteuer.

»Zuerst einmal«, hat er gesagt, »brauchen wir einen Wagen, am besten ein Cabrio, es soll ja heiß werden. Dann Gras, Kokain und im besten Fall ein, zwei Löschblätter LSD, Bier, Wodka und Rum. Das sollte ausreichen.«

Ich stimmte zu, ohne darüber nachzudenken. Ob diese Ansammlung illegaler Substanzen tatsächlich die Objektivität aus dem Bewusstsein wischen würde, konnte ich nicht sagen. Es war ein Versuch. Wir hatten das Vorhaben bereits seit einigen Tagen geplant, weshalb ich die Einkaufsliste sogleich telefonisch abarbeitete. Zwar stellte sich die Beschaffung des LSD zunächst als größere Hürde heraus als gedacht, doch konnten wir noch am selben Abend alles beschaffen, was es für einen solchen Trip benötigte. Als wir zurückkehrten, war die Sonne längst hinter dem Ötscher verschwunden, dessen erhabene Silhouette in rund hundert Kilometern Entfernung noch immer gut zu erkennen war. Das Land lag ruhig vor uns. Wir waren bereit.

Am nächsten Morgen, die Sonne brannte bereits so heftig vom Himmel, als wollte uns der Teufel persönlich willkommen heißen, holten wir den Leihwagen vom Autoverleih und starteten unsere Reise. Ohne Navigationssystem; den Spuren Kanelopolus‘ folgend, der, warum auch immer, nicht den kürzeren Weg über Ungarn genommen hatte, sondern sich durch Slowenien, Kroatien und Bosnien & Herzegowina schlug – völlig orientierungslos, wie es schien und ohne sich im Vorfeld näher mit seinem Vorhaben auseinandergesetzt zu haben. Einen Weg fernab von Autobahnen, direkt durch die verwahrlosesten Dörfer hindurch, die ich jemals gesehen hatte. Es war gespenstisch. Niemand, der noch bei Verstand war, würde diesen Umweg als geeignetste Strecke wählen, um von A nach B zu gelangen. Doch dürfte ihn der Verstand schon eine Weile verlassen haben.

Zu Walters Verteidigung muss ich sagen, dass sein Verstand nicht der einzige war, der offenbar nicht einwandfrei arbeitete. Beinahe hätte auch unsere Reise geendet, noch bevor sie richtig begonnen hatte.

Wir befanden uns noch auf österreichischem Staatsgebiet, als uns eine Polizeistreife zum Anhalten zwang. Damian hatte versucht, während der Fahrt eine Line

Koks von einer alten CD-Hülle zu schnupfen und hatte dabei ungewollt die Fahrspur gewechselt. Glücklicherweise wurden die Polizisten nur Zeuge der Wirkung, nicht aber der Ursache. Bis dahin überwog die Vorfreude auf das bevorstehende Abenteuer, die sich nun mit dem freigesetzten Adrenalin vermischte. Ich hatte ein ungutes Gefühl. Doch das hatte ich oft in meinem bisherigen Leben. Man gewöhnt sich an alles.

Ich war 37 Jahre alt und hatte den Glauben an den objektiven Journalismus verloren. Beinahe hatte ich auch den Glauben an die Menschheit verloren, doch sah ich noch Hoffnung. Noch glaubte ich, die sozialen Medien würden die Gesellschaft nur zu einem geringen Teil widerspiegeln. Doch selbst der reichte aus, um den Versuch zu begründen, die Menschheit aus ihrer Lethargie herauszureißen. Radikal und ohne Rücksicht auf Befindlichkeiten, auf die es bisher so penibel zu achten galt. Den Exzess als Werkzeug gegen die politische Korrektheit zu formieren, die uns verweichlicht und unsere Erwartungen anderen gegenüber fördert. Die Rettung der Sprache in all ihren Facetten; die Rettung der Individualität und dennoch im vollen Bewusstsein darüber, dass selbst die Individualität ihren Teil zur Spaltung der Gesellschaft beiträgt. Es war eine Gratwanderung. Und so war es auch diese Reise, die beinahe schon nach einigen hundert Kilometern ihr Ende gefunden hatte.

»Tu mir einen Gefallen und lass die Sonnenbrille auf«, hörte ich mich sagen. Damians Anblick, insbesondere die Schwärze, die sich in den vergangenen Stunden rund um seine Augen gelegt hatte, ließen erste Zweifel in mir hochsteigen, ob wir uns nicht besser auf diesen Trip hätten vorbereiten müssen. Waren wir zu leichtgläubig an die Sache herangegangen? Hatten wir den Wandel der Zeit unterschätzt? War es tatsächlich noch möglich, bewaffnet bis an die Zähne unbescholten durch das Land zu reisen, wobei unsere Munition hauptsächlich aus der Überzeugung bestand, das Richtige zu tun sowie aus einem Sammelsurium illegaler Substanzen, die den nüchternen Blick auf die Welt wegretuschieren sollten? Ich war nicht sicher. Und vermutlich machte genau dieses Unwissen den Reiz dieser Unternehmung erst aus.

»Wissen Sie, warum wir Sie angehalten haben?«, fragte einer der beiden Cops, während er sich mit beiden Händen an seinem Gürtel abstützte und seinen Blick durch das Cabrio schweifen ließ. An der mit Koks bestäubten CD-Hülle vorbei zu dem sich auf der Rückbank befindlichen Alkoholvorrat und zurück in Damians Gesicht. Der Blick scharf wie der eines Adlers. Den Fokus voll auf Damian gerichtet.

»Ich kann es mir vorstellen«, antwortete der.

Der Cop wirkte irritiert. Damian sah ihn nicht einmal an. Sein Blick verlor sich irgendwo in der Ferne; die Hände hatte er auf dem Lenkrad abgelegt. Mein Herz pochte.

»Ja und weiter …?«

»Was meinen Sie?«

»Warum wir Sie angehalten haben, Mann!«

»Ja, aber das müssen Sie doch selbst wissen, Herr Inspektor …«

Ich war kurz davor einzuschreiten. Die fehlende Gewissheit, irgendetwas an der Situation zu verbessern, hielt mich aber davon ab. Der helle Teint im Gesicht des Polizisten färbte sich zusehends ins Rötliche.

»Aussteigen, alle beide!«, befahl er und auch seine Kollegin, die mir zuvor gar nicht aufgefallen war, baute sich vor uns auf und stützte sich nun ebenfalls mit ihren deutlich kleineren Händen am Gürtel ab.

»Führerschein und Zulassung, bitte«, sagte das Alpha-Tier. Damian kramte beides aus seiner Männerhandtasche hervor.

»Haben Sie getrunken?«

»Natürlich nicht, Herr Inspektor«, antwortete Damian und auch ich verneinte, als mich das Polizeimädchen fragend ansah. »Wir sind beruflich unterwegs«, fügte ich an, um das Fortkommen zu beschleunigen und legte den Beamten meinen Presseausweis vor. »Ein Interview; bedeutungslose Sache; aber irgendjemand muss es ja machen ...«

Das Polizeimädchen studierte den Ausweis; die Grasreste, die an Damians Führerschein hafteten, bemerkte sie nicht. Offenbar war die gute Dame noch nicht lange im Dienst. Mit aller Kraft versuchte ich meinen Kiefer unter Kontrolle zu halten, der wegen des zuvor geschnupften Kokains ein beinahe unkontrollierbares Eigenleben entwickelt hatte. Fast hätte ich das Polizeimädchen gefragt, ob es uns auf unserer Reise begleiten wolle. Sie hatte etwas Geheimnisvolles an sich, etwas Erotisches geradezu, das hauptsächlich von ihren dunkelbraunen Augen ausging, die ihrem zierlichen Gesicht etwas Sanftes und Gutmütiges verliehen. Am liebsten hätte ich mich hineingestürzt. Mich in ihnen verloren. Zumindest für eine Weile. Das kastanienbraune Haar trug sie offen, es umrahmte ihr jugendliches Gesicht, von dem ich dachte, dass es für jeden anderen Beruf deutlich besser geeignet gewesen wäre. Ihr Anblick ließ mich unser Vorhaben für einige Augenblicke vergessen. Zum Glück war ich noch halbwegs nüchtern und Herr meiner Sinne. Wie lange noch, war eine ganz andere Frage.

»Herr Piotrowski«, startete der Alpha-Cop einen weiteren Versuch. »Wissen Sie, warum wir Sie angehalten haben?«

Gottseidank lenkte Damian ein und erklärte, dass ihm die Zigarette zu Boden gefallen sei und er beim Suchen danach unbeabsichtigt die Fahrbahn gewechselt hatte und dass er beim nächsten Mal besser darauf achten würde. Ich war erleichtert. Bei Damian konnte man nie so genau wissen. Irgendwann in den letzten Jahren hatte er eine natürliche Abneigung gegenüber so ziemlich allen Beamten entwickelt. Damian begründete das mit seinem recht auffälligen Äußeren, das die Beamten provozieren würde, obwohl er eigentlich nur groß war und wenn überhaupt, nur durch seinen Kleidungsstil auffiel. Dass er immer mal wieder wegen seines Grasgebrauchs ins Fadenkreuz der Beamten geriet oder er einmal beinahe einen Polizisten, der ihn anhalten wollte, über den Haufen gefahren hatte, spielte wohl auch eine gewisse Rolle. Warum auch immer hatte er in der Vergangenheit nur in den seltensten Fällen gute Erfahrungen mit Polizisten gemacht. Die beiden Cops sahen einander fragend an. Es fiel ihnen sichtlich schwer, den Wahrheitsgehalt unserer Erzählungen einzuschätzen. Dann kramte das Polizeimädchen den Alkohol-Schnelltester aus dem Wagen. Nicht gut, dachte ich bei mir und versuchte, meine Aufregung zu verbergen.

»Blasen Sie da hinein«, wies sie Damian an.

Der begutachtete das Gerät mit skeptischer Miene.

»Was soll das denn sein?«

»Das ist ein Schnelltester auf Alkohol. Blasen Sie hinein, bis es piepst.«

Damian starrte das Ding an, als wollte er jeden Moment hineinbeißen.

»Was halten Sie davon«, antwortete er gelassen und den Blick noch immer geradeaus, »wenn Sie mir einen blasen, bis ich Piep sage?«

Dann Stille. Das war das Ende. Es musste das Ende sein. Und ich hätte es wissen müssen. Ich konnte von Damian nicht erwarten, Vernunft walten zu lassen, wenn es die Situation erforderte. Es war nicht möglich. Ganz gleich, ob er unter Drogeneinfluss stand oder unter Nüchternheit litt. Er war ein Impulsmensch. Einer, der jegliche Konsequenz gezielt ausblenden konnte. Vor allem im Urlaub, wo ihm sowieso alles egal war. Und nichts anderes war diese Reise für ihn. Abwechslung und der Aufbruch in höhere Bewusstseinssphären.

Ich war kurz davor, dem Mädchen kooperativ meine Hände entgegenzustrecken, um mich abführen zu lassen. Doch die Cops reagierten nicht auf Damians Frage.

Die reale Welt veränderte sich vor meinen Augen in etwas, das ich nicht kannte. Es fiel mir schwer, sie von meinen Gedanken zu trennen und hoffte auf ein Zeichen des Himmels.

Wollten sie es nicht hören? Hatte nur ich es gehört? Existierte die Stimme nur in meinem Kopf? Ich konnte es nicht sagen, doch musste es so gewesen sein. Denn gerade als Damian das Mundstück mit seinen Lippen umschloss, was er wohl nicht getan hätte, hätte er eine Antwort abgewartet, brauste ein schwarzer BMW mit ungefähr 200 Sachen an uns vorbei und veranlasste das Polizeimädchen dazu, Damian das Testgerät aus dem Mund zu reißen und gemeinsam mit ihrem Kollegen die Verfolgung aufzunehmen.

»Achten Sie das nächste Mal besser auf Ihre Zigarette!«, rief der Alpha-Cop, bevor er in seinen Wagen sprang, hastig den Sicherheitsgurt anlegte und davon raste. Damian und ich standen einander wortlos gegenüber, während der Polizeiwagen mit Blaulicht und Sirene die Verfolgung aufnahm und uns unserem Schicksal überließ. Wenige Augenblicke später befanden wir uns erneut auf der Straße.

»Hast du völlig den Verstand verloren?«, schrie ich meinen Kompagnon an und versetzte ihm einen Fauststoß gegen die Schulter, wodurch er erneut auf die andere Fahrspur geriet.

»Scheiß dich nicht an!«, antwortete Damian beschwichtigend. »Wir haben uns nichts zu Schulden kommen lassen.«

»Bis auf das Koks und das Gras überall und das ganze andere Zeug, das da hinten auf der Rückbank lagert, meinst du wohl?«

»Man wird ja nicht gleich so kleinlich sein«, entgegnete er und öffnete eine Budweiser-Dose.

Die Erleichterung verdrängte die Besorgnis aus meinem Bewusstsein und verwandelte sie in lautes Gelächter. Es ging weiter. Wir hatten die erste Bedrohung abgewehrt und befanden uns auf einer Mission. Zumindest ich hatte eine. Die Welt lag uns zu Füßen. Wie damals, als wir vom Jugendlichenalter ins Erwachsenenalter schlitterten, wobei der Prozess in meinem Fall nie zu einem Ende gefunden hat. Und darauf war ich besonders stolz. Es bedeutete, der Norm noch nicht ganz verfallen zu sein. Und diesen Zustand galt es so lange aufrecht zu erhalten wie möglich.

Wenige Minuten später hatten wir, begleitet von *Lucy in the sky with diamonds*, die erste Grenze passiert. Das unbändige Gefühl der Freiheit stieg in mir hoch und erinnerte mich an längst vergangene Tage. Die Fremde rückte näher. Das Vertraute wich zurück. Das Bewusstsein öffnete sich langsam. Manchmal verzerrte es sich ins Unkenntliche. Die Landschaften brausten an uns vorbei, während der Himmel über uns wachte und Zeuge unseres Auftrags war. Irgendwann, nachdem wir auch die zweite Grenze passiert hatten, kamen wir von der Autobahn ab und drangen in eine Welt ein, die mich beizeiten in Angst und Schrecken versetzte. Hervorgerufen durch den langsam eintretenden Verlust der Objektivität. Ich hatte jegliches Zeitgefühl verloren. Damian schien es ähnlich zu ergehen.

BLICK INS UNBEKANNTE

Irgendwann, die Dämmerung hatte längst eingesetzt, wir befanden uns irgendwo in einem Kaff namens Bukovlje in Bosnien & Herzegowina, entfaltete das einige Minuten zuvor eingenommene LSD seine Wirkung. Ich hatte mittlerweile das Steuer übernommen und bremste den Wagen gerade noch rechtzeitig ab, bevor wir in den Ljeskove Vode bretterten, der still und gemächlich vor uns lag. Dort ließ ich mich aus dem Wagen fallen und rollte mich auf den Rücken. Damian marschierte geradewegs auf den See zu, bis einige Augenblicke später nichts mehr von ihm zu sehen war. In aller Ruhe kramte ich mein Notizbuch aus der Hosentasche und versuchte, den Moment festzuhalten. So, wie ich es immer tat, wenn ich der Ansicht war, die Erinnerung allein würde nicht ausreichend sein.

In diesem Moment hatte ich die Kraft des Bewusstseins unterschätzt. Vom LSD beeinflusst, entwickelte es doch ein recht ungewöhnliches Eigenleben und führte mich in Ecken meiner Seele, wo ich noch nie zuvor gewesen war.

Die soeben hingeschriebenen Buchstaben lösten sich mühevoll von ihrem weißen Untergrund ab. Stapften über das Papier, tanzten, schlugen Purzelbäume und fielen nacheinander aus dem Notizblock heraus. Sie krochen auf meine Hand und verteilten sich schließlich auf meinem ganzen Körper. Ich musste lachen, weil es so kitzelte. Zum Glück war sonst niemand hier. Liebevoll versuchte ich sie abzuschütteln, bekam sie aber nicht zu fassen. Sie hielten sich an meinen Haaren fest und formten sich zu Gesichtern, die miteinander redeten. Ich antwortete und war innerhalb weniger Sekunden in eine lebhafte Unterhaltung vertieft.

Im Nachhinein betrachtet war es fast so, als hätte ich eine Brille aufgesetzt, durch die hindurch ich eine differenzierte Realität vor Augen hatte. Eine Realität ohne den Faktor Zeit. Sie existierte nicht mehr. Alles war in Bewegung. Als würde ich einen Blick in eine Welt werfen, die viel größer war als meine eigene. Mein über die Jahre hinweg angereichertes Wissen war auf einmal bedeutungslos; die Welt hingegen schien mir klarer denn je. Ängste lösten sich auf und entwichen aus meinem Bewusstsein. Ich fühlte mich befreit und von der Welt umarmt. Geborgen. Sicher. Ich schaute in den Himmel hinauf und erkannte mich als Teil des Ganzen. Alles gewann an Bedeutung. Alles lebte. Alles war eins. In einigen Metern Entfernung glaubte ich Damian durch das Wasser schreiten zu sehen, als wäre er ein Flamingo. Er lachte und schwenkte seinen Körper im Einklang mit den Wellen, die er verursachte. Als würde er mit dem Wasser verschmelzen. Als wäre er Bruce Lee, der sagte: »Be water, my friend«. Dann schloss ich die Augen und hörte in die Welt hinein.

Es war der Versuch, der Konvention mit aller mir zur Verfügung stehender Brutalität ins Gesicht zu schlagen.

Es kam einer Revolte gleich. Gegen eine Gesellschaft, die so abgestumpft und hasserfüllt an die eigene Wichtigkeit glaubte, dass alles andere, jede alternative Denkweise, jedes Handeln außerhalb der festgelegten Norm, einer Kriegserklärung gegen die eigene Persönlichkeit gleichkam. Das Denken und Kategorisieren in Schubladen, die Bekämpfung alles Fremden, die Abneigung gegenüber jedem Andersdenkenden sowie die Auslieferung eines jeden Verdächtigen hat unseren einst so fruchtbaren Lebensraum in eine dampfende Wüstenlandschaft verwandelt, die die Seele aus beinahe jedem Individuum herausgebrannt hatte. Starre Gesichter und fahle Blicke. Totgelebt. Von der Zeit überrannt und vom Wohlstand gezeichnet. Das Abdriften in die völlige Bedeutungslosigkeit, weil nichts mehr dazu im Stande war, die Bedeutung des eigenen Lebens zu erkennen. Hass. Neid. Gier. Materieller Besitz zum höchsten Gut stilisiert. Der Mensch als völlig entgleistes Experiment Gottes. Ein Hilferuf. Der Tod.

»As soon as you're born they make you feel small;
by givin' you no time instead of it all. Till the pain
is so big you feel nothing at all ...«

– John Lennon

Wo geht die Reise hin? Wer wird uns retten? Wer bereitet uns auf die Zukunft vor? Mitten in einem LSD-Rausch völlig nichtige Fragen, weil sich das Leben selbst auf eine völlig andere Weise zum Ausdruck bringt, als man es im nüchternen Zustand auch nur erahnen mag. Beinahe möchte man über den Pöbel lachen, hätte man nicht so viel Mitleid mit ihm und würde man nicht insgeheim wissen, dass das LSD irgendwann wieder aus dem Körper entweichen wird und man selbst wieder mit dem Pöbel verschmilzt, indem einen die Nüchternheit mit jenem Bewusstsein zurücklässt, das die Zerstörung der Menschheit erst in Gang gesetzt hatte.

Die Stunden schwanden. Damian hatte sich zwischenzeitlich ausgezogen und joggte die dritte Runde nackt um den See. Er sang und er lachte. Umarmte Bäume oder redete mit ihnen. Irgendwann hatte ich jegliches Zeitgefühl verloren und rollte einen Joint. Beobachtete den Dampf, der in den buntesten Farben aus meinem Mund entwich und erfreute mich daran. Versuchte ihn mit meinen Händen einzufangen und war erstaunt, wie es ihm doch immer wieder gelang, zwischen meinen Fingern hindurchzukriechen. Ein atemberaubendes Schauspiel. Irgendwann saß ich mit dem Rücken gegen den Wagen gelehnt einfach nur da. Atmete. Gleichmäßig, wie es das Universum tat. Im Einklang mit mir selbst und der Welt um mich herum. Dann schlief ich ein. Doch war ich mir dessen gar nicht so sicher.

Es war, als würde ich in einer verworrenen Zwischenwelt auf Leben und Tod herabblicken und dabei zusehen, wie sie ineinander verschmolzen, ohne sich abzustoßen. Zwei zu gasförmiger Materie verdichtete Lichter, die einander umkreisen, durch sich hindurch glitten und sich wieder entfernten. In jeder Sekunde die Farben ändernd und als würde jedem von ihnen ein eigenes Leben innewohnen. Selbst dem Tod. Ein Widerspruch in sich – doch nicht in dieser Nacht.

Weder schlief ich, noch war ich wach. Leben und Tod vereinten sich in meiner Brust und gaben mir das Gefühl, dass jegliche Angst nur in meinen Gedanken existierte. Dass alles, woran ich bisher geglaubt hatte, nur eine bedeutungslose Illusion war. Entstanden aus unzähligen Eindrücken, Gesprächen und zu viel Leben, ohne zu leben. Alles Wissen verpuffte. Löste sich auf in den Weiten meines Verstandes und ließ mich zurück als der, der ich war. Als heller Punkt irgendwo inmitten anderer heller Punkte. Selig, zufrieden und glücklich. Ich war befreit.

DAS LAND DER VERDAMMNIS

Als ich meine Augen das nächste Mal öffnete, bretterten wir unserem Ziel mit 150 Sachen auf irgendeiner Landstraße entgegen. Von der zuvor verspürten Freiheit keine Spur mehr. Rund hundert Kilometer trennten uns noch vom Ort der Verdammnis, wie ihn Walter Kanelopolus in einem Brief an meinen Boss bezeichnete.

»Was zur Hölle ist passiert?«, stammelte ich.

»Du warst wie tot. Ich musste dich in den Wagen hieven. Wir durften keine Zeit verlieren!«

»Warum nicht?«

»Die Straßenköter hätten uns sonst aufgefressen!«

Ich hatte keine Ahnung, wovon Damian da redete und wollte auch gar nicht näher darauf eingehen. »Seit wann sind wir unterwegs?«

»Keine Ahnung ... ein paar Stunden; drei, sieben, neun ... so in etwa.«

»Wo sind wir?«

»Serbien. Gib mir mal das Koks.«

Die Hitze pochte in meiner Stirn. Die Straße flimmerte. Ich schluckte eine Kapsel Tilidin und versuchte mich zu konzentrieren.

Ähnlich wie Morphin hemmt Tilidin die Schmerzwahrnehmung im Gehirn, hat aber eine deutlich schwächere schmerzstillende Wirkung. Zusätzlich wirkt es beruhigend, euphorisierend und enthemmend.

Damian saß neben mir wie der Pate. Das linke Bein aus dem Wagen hängend, den Blick geradeaus und den Kopf im Takt zu altem amerikanischen Hip-Hop wippend, der aus den Lautsprechern drang. Die Landschaften wechselten von idyllischen Bergwelten zu den traurigsten Siedlungen, die ich jemals gesehen hatte. Bis auf die Knochen ausgemergelte Streuner stellten sich uns in den Weg und hatten kaum genug Kraft, dem beschleunigenden Wagen auszuweichen. Frauen reinigten ihre Stoffe im Fluss; die Kleider zerrissen. In ihren Gesichtern hatte das Leben tiefe Spuren hinterlassen. Kein Traum aus ihren Kindheitstagen schien die Jahre überdauert zu haben und triste Realität spiegelte sich in den fahlen Augen wider. Es war gespenstisch. Und doch befanden wir uns nur tausend Kilometer von der Heimat entfernt. Verkehrte Welt, dachte ich. Wie war so etwas möglich?

Mit einer Vollbremsung, circa eineinhalb Stunden später, direkt vor dem Gerichtsgebäude in Vranje, hatten wir den ersten Teil unserer Reise hinter uns gebracht. Das Gefängnis befand sich direkt gegenüber auf der anderen Straßenseite. Mitten im Zentrum der Stadt. Hunderte Menschen gingen täglich daran vorbei, ohne sich jemals gefragt zu haben, wie es hinter diesen Mauern wohl aussehen mochte. In welchem Zustand die Gefangenen waren, wie man sie behandelte oder welche Delikte sie begangen hatten, dass sie in diesem scheußlichsten aller Löcher ihre Tage zählten. Die Menschen hier waren vergessen und sie vergaßen. Einander. Irgendwann würde man sich schon wiedersehen. Man kannte das bereits. Die einen gingen ins Wirtshaus, die anderen in den Knast. Manche für einige Stunden, andere kamen nie wieder zurück. Es war der Lauf der Dinge. Und hier, an diesem wundersamen Ort, von dem ich noch nicht wusste, ob ich ihn mochte oder nicht, liefen die Dinge etwas anders. Vor allem aber schienen sie langsamer zu laufen.

Unmittelbar vor dem eisernen Tor zu dieser anderen Welt bot sich uns ein Bild der unwiderruflichen Verstörung. Was ich sah, und was hier offenbar jeden einzelnen Tag zu sehen war, spiegelte ein ganzes Land wider, dessen unerbittliche Kriege tiefe Spuren in den Herzen der Menschen hinterlassen hatten. Ich konnte fühlen, wie verbunden sie waren. Miteinander und mit dem Boden unter ihren Füßen. Denn gemeinsam hatten sie alles verloren und gemeinsam teilten sie den Schmerz der Verachtung. Sie konnten die Herabwürdigung aus dem Umland spüren, was sie noch dichter zusammenrücken und den Stolz über die eigene Herkunft noch feierlicher zelebrieren ließ. Nur auf die rund zwanzig Personen, die sich da vor dem Tor tummelten, traf das alles offenbar nicht zu.

Die Mehrheit der hier wartenden Menschen stammte nicht aus Serbien; es waren Roma; Verlorene; in dreckige Lumpen gewickelt, als wäre ein weiteres Martyrium in ihrem Leben die nur logische Konsequenz. Eingetrocknete Erde haftete an ihren Beinen, an Armen und Händen. Aus den leeren Augen hatte sich selbst der letzte Rest an Hoffnung für immer verabschiedet und der bitteren Realität Platz gemacht. Einer Realität, die wir, die wir in Europa leben, nicht kennen. In der das eigene Überleben zur täglichen Schlacht geworden war und das jeder ohne Rücksicht auf irgendetwas in der unmittelbaren Umgebung zu verteidigen gewillt war. Koste es, was es wolle.

Der Anblick einer stillenden Mutter, deren Neugeborenes kraftlos in ihren ausgemergelten Armen lag und dessen Lebensweg vom Tag seiner Geburt an vorherbestimmt schien, ließ mich für einige Augenblicke alles vergessen, woran ich ein ganzes Leben lang geglaubt hatte. Wie versteinert stand ich da. Berührt und den vorübergehenden Stillstand der Welt als Passagier meines eigenen Lebens stillschweigend beobachtend. Und brutal riss es mich wieder zurück in den Augenblick, als ich die Mutter des Neugeborenen dabei beobachtete, wie sie es der minderjährigen Tochter weiter reichte, die es nun ebenfalls an ihre Brust legte. Alle meine Gefühle wollten sich gleichzeitig zum Ausdruck bringen. Entsetzen, Wut, Ekel, Mitleid. Es zerriss mich beinahe. Mein Blut kochte. Auf so etwas war ich nicht vorbereitet und doch konnte ich meinen Blick nicht abwenden. Erst einige Minuten später lenkte eine trächtige Hündin mit ihrem elenden Gewimmer meine Aufmerksamkeit auf sich, da ein Kleinkind ihre Zitzen mit einem Stock malträtierte. Ich konnte kaum hinsehen. Menschen schrien durcheinander. Verzweiflung in ihren Gesichtern. Einer der Männer versetzte einem anderen einen Fauststoß mitten ins Gesicht. Niemanden kümmerte es. Andere sammelten Zigarettenstummel vom Boden auf und zündeten sie an. Ich benötigte dringend Stoff.

»Sreten Milenkovic, der alte Bastard, wird in zehn Minuten da sein«, ließ mich Damian wissen, der sicherheitshalber noch einmal vom Wodka kostete, um dieses verstörende Bild nicht in Erinnerung zu behalten. Ich tat es ihm gleich. Das LSD war beinahe zur Gänze aus meinem Körper entwichen, was mir offenbar nicht gut bekam. Ich war aufgewühlt. Und wo waren wir da überhaupt gelandet? Wo war Walter Kanelopolus da gelandet? Entweder war er mutiger, als es gut für ihn war, oder aber – und das war die weitaus wahrscheinlichere Variante – er war verrückt geworden. Ein Draufgänger vielleicht. Obwohl, niemand, der einigermaßen bei Verstand ist, würde ein solches Risiko eingehen, dachte ich. Vor allem, da ich nicht das Gefühl hatte, kriminelle Energie hätte ihn zu dieser Tat animiert. Im Gegenteil. Alles, was ich bisher über ihn gehört hatte, schien dermaßen unvereinbar mit seiner aktuellen Situation zu sein, dass der Verdacht einer Erpressung zu einer realistischen Annahme geworden war. Sah er keinen anderen Ausweg, als seine Seele dem Teufel zu verkaufen? Ich musste mit ihm sprechen.

Sreten Milenkovic stolzierte bei dreißig Grad im Schatten in Anzug und Krawatte durch die maroden Straßen. Der Kies knirschte unter seinen schweren Absätzen. Das Vorderhaar klebte an der verschwitzten Stirn fest. Über seinen Augen saßen zwei Augenbrauen, die mich an die Flügel eines Greifvogels erinnerten. Strich der Wind über sein Gesicht, sah es so aus, als würde er jeden Augenblick davonfliegen. Ich habe so etwas im Leben noch nicht gesehen.

»Wann können wir zu Walter?«, wollte Damian wissen und setzte sich sogleich in Richtung Haupteingang in Bewegung. Doch Sreten hatte andere Pläne.

»Nicht so schnell, nicht so schnell«, sagte der und löste mit einer geschickten Handbewegung das Haar von der Stirn. Einige Zentimeter weiter links klebte es sich wieder fest.

»Ihr habt eine lange Reise hinter euch. Ihr müsst essen.«

»Nicht essen«, stieß ich aus, »wir müssen zu Walter.«

»No, no, langsam. Zuerst essen. Walter wird euch – leider Gottes – nicht davonlaufen. Ich zeige euch das Restaurant.«

Es war nichts dagegen zu machen. Wir hatten keine Entscheidungsgewalt in diesem Land und waren Sreten ausgeliefert, genau wie Walter es war. Irgendwo in einem ungewohnt einladend wirkenden Gastgarten bot uns ein Kellner, der offenbar auch schon wesentlich bessere Tage gesehen hatte, einen Tisch an. Er sah aus, als hätte er mehrere Nächte hintereinander nicht geschlafen. Das Speed hielt ihn wach. Zumindest ließen das seine Pupillen vermuten. Sreten orderte drei Gläser Sliwowitz. Das machte ihn ein bisschen sympathischer. Damian befahl dem Kellner, die ganze Flasche da zu lassen.

Die Stadt selbst, obwohl ich das Gefühl hatte, tausende Kilometer von der Heimat entfernt zu sein, versprühte etwas Vertrautes. Menschen genossen das Leben. Saßen in den Gastgärten und schlürften Kaffee oder Sliwowitz. Nur die wenigsten schienen einer geregelten Arbeit nachzugehen. Es war offenbar nicht von Belang und irgendwie fühlte es sich so an, als wären wir hundert Jahre in der Zeit zurückgereist. Die Kleidung, die Restaurants; selbst die Fahrzeuge schienen die Jahrzehnte überdauert zu haben. Als hätte die Uhr einfach aufgehört zu schlagen. Als wären wir abgeschnitten vom Rest der modernen Welt; auf einer einsamen Insel gestrandet; ohne Zukunft. Der Willkür des Staates ausgeliefert und doch die romantische Luft des wilden Lebens inhalierend, das einem ein Land wie Serbien bietet. Freiheit auf Kosten mangelnder Sicherheit. Es mag durchaus Menschen geben, die ein solches Leben bevorzugten. Denn im Prinzip war hier alles möglich. Wer keinen Beruf erlernt hatte, verkaufte etwa Obst oder Gemüse direkt an der Straße, schlachtete Säue in Hinterhöfen oder brannte Schnaps, der wiederum in den Dörfern gewinnbringend abgetreten wurde. Niemand störte sich daran. Und wer weiß. Vielleicht war genau das das Zünglein an der Waage. Das Wissen, auf sich allein gestellt zu sein; das Wissen, sich auf niemanden verlassen zu können als auf sich selbst; das Fehlen von Luxus und die daraus resultierende unumstößliche Gewissheit, ganz allein für den Erfolg oder Misserfolg im eigenen Leben verantwortlich zu sein, die diese fühlbare Akzeptanz gegenüber dem, was war, verursachte. In gewisser Weise war ich beeindruckt, wobei ich nicht sicher sein konnte, ob es nur meine subjektive Wahrnehmung war, die morgen schon wieder eine ganz andere sein konnte, wenn die Drogen den Körper erst verlassen hatten. Oder eben eine allgemein gültige und objektive. Ob es überhaupt von Belang war, war die nächste Frage, die für einen Augenblick mein Bewusstsein streifte.

Der Kellner servierte drei Teller Cevapcici. Ich bekam keinen Bissen runter und versuchte in aller Kürze, die wichtigsten Informationen aus Sreten herauszupressen. Dabei lernte ich sogleich die erste Regel kennen, die für das ganze Land zu gelten schien: Schnell ging hier gar nichts.

Sreten unterrichtete uns über den Fall. Ich war kaum in der Lage ihm zu folgen und auch aus Damians Gesicht war das Leben irgendwann in den letzten Minuten gewichen. Er saß nur da und starrte in die Ferne. Ich zündete eine Zigarette an. Sreten redete und redete; allen voran über sich selbst. Über seine grandiosen Leistungen als Anwalt, über seine unzähligen Liebschaften und seine beeindruckenden Reisen, die er sich in erster Linie von seinen europäischen Klienten finanzieren ließ. Daraus machte er kein Geheimnis.

»Wissen Sie«, sagte er, »Serbien ist ein schönes Land. Sehr arm, aber schön. Die Menschen sind ... naja, manche so, manche so. Man muss aufpassen. Man muss aufpassen, was man sagt und was man tut. Hier sitzt man schneller im Knast, als man schauen kann. Die Menschen hier haben sehr wenig. Nur der Nationalstolz ist groß. Aber das ist eine andere Geschichte. Ich denke, Walter sagt die Wahrheit. Er wusste nicht, was er tat. Tragische Geschichte. Das Gericht wird ihm nicht glauben. Aber so ist das hier. Im Zweifelsfall gegen den Angeklagten. Üble Sache. Er ist noch so jung. Drei Espressi bitte!«

»Wieviel hatte er dabei?«

»Marihuana? zwanzig Kilo ungefähr.«

»Hat das Gericht einen THC-Wert bestimmen lassen?«, wollte Damian wissen, der Sreten noch immer keines Blickes würdigte.

»Ja, das ist echtes Marihuana. Nicht Gras von der Wiese. Marihuana. Drogen.«

Sreten untermalte seine Aussage mit seinen Fingern, die er zum Mund führte. Ich schüttelte resignierend den Kopf und entschuldigte mich auf die Toilette, wo ich eine 15 Zentimeter lange Line in die Windungen meiner Gehirngänge beförderte, um nicht einfach umzufallen. Damian versuchte zwischenzeitlich noch immer herauszufinden, wieviel Prozent THC das Gras tatsächlich enthielt. Vergebens. Drogen waren Drogen. Ganz egal, ob es sich um Gras oder Heroin handelte. Das Urteil des Untersuchungsrichters von acht Jahren ließ ohnehin keine Fragen offen. Fast im Minutentakt führten uniformierte Beamte verhaftete Männer ins Gefängnis. Die meisten von ihnen ließen sich ohne Gegenwehr abführen; einige von ihnen mit dem Schlagstock ins Innere der Mauern hineinprügeln. Bilder, die mir fremd waren.

»Ach, weißt du«, sagte Sreten, als er meine nachdenkliche Miene bemerkte, »das ist Serbien. Hier ist ein Menschenleben nicht viel wert. Das Leben eines Gipsys noch viel weniger. Die meisten Menschen hier haben keine Perspektive. Wer nicht arbeitet, verdient kein Geld. So einfach ist das. Vom Staat gibt es keine Unterstützung. Es herrscht Korruption, wo man auch hinschaut. Das ist normal hier. Im Untergrund regiert die Mafia. Was das größere Übel ist, lässt sich schwer sagen. Viele begehen im Winter kleine Einbrüche und lassen sich absichtlich einsperren. Da geht es um warme Mahlzeiten und um ein Dach über dem Kopf. So etwas kann man sich in Österreich nicht vorstellen. So etwas kann man sich in ganz Europa nicht vorstellen.«

Ich kippte einen Sliwowitz hinunter und hatte große Mühe, weiterhin meine geistige Anwesenheit vorzutäuschen. Vor mir drehte sich alles. Damian hatte sich plötzlich aus dem Gespräch ausgeklinkt. Er saß einfach da. Regungslos. War er eingeschlafen? Sreten redete unterdessen vor sich hin. Er hörte sich offenbar ganz besonders gern dabei zu. Erst als er mir Walters Urteilsverkündung vor die Nase knallte, kehrte ich in die Gegenwart zurück.

»Mit dem Urteil dieses Gerichts, Geschäftszeichen: K.br 191/10 vom 17.11.2014 wurde Walter Kanelopolus als schuldig der Straftat der unbefugten Herstellung und Umlaufbringung von Rauschgift nach Art. 246 Abs. 3 in Verbindung mit Abs. 1 in Verbindung mit Art. 33 des Strafgesetzbuches befunden.«

»Dürftige Übersetzung«, sagte ich, ohne sicher zu sein, die Worte laut ausgesprochen zu haben. »Herstellung und in Umlaufbringung ist in Serbien das gleiche wie ein Transport?«

»Ja, so ist das hier. Selbst, wenn du mit einem Joint erwischt wirst, bekommst du eine Mindeststrafe von drei Jahren. Willkommen in Serbien.«

Ich versuchte, nicht an die Konsequenzen zu denken, sollte jemand Damians Männerhandtasche durchsuchen.

»Wann können wir ihn besuchen?«

»Morgen gegen 9 Uhr. Früher war es mir nicht möglich, einen Termin zu bekommen.«

Keine Reaktion von Damian.

»Also gut«, sagte ich, war vielleicht auch besser so. »In welchem Hotel können wir einchecken?«

Noch bevor Sreten meine Frage beantworten konnte, rutschte Damian ohne Vorwarnung von der Bank und knallte mit dem Schädel ungebremst auf dem dampfenden Beton auf. Er sah nicht gut aus.

ENTGLEISUNG

Wenige Augenblicke später, an der Rezeption des Hotels Royal Putnik angekommen, das sich fünf Autominuten entfernt befand und so gar nicht in das sonst so desolate Bild dieser Stadt passte, dachte die Rezeptionistin zunächst, jemand hätte Damian in den Kopf geschossen. Das Blut quoll zwischen seinen Fingern hindurch und tröpfelte zu Boden.

»Um Himmels Willen!«, schrie sie und fuhr herum. »Ich rufe sofort den Notarzt!«

Damian taumelte benommen gegen den Flügel, der unmittelbar vor der Theke stand und fiel mit seinen 110 Kilo unkontrolliert auf die Tasten, so dass auch der letzte Gast im hintersten Winkel unsere Anwesenheit bemerkte.

»Schon gut«, entkräftigte ich. »Alles in Ordnung. Ich werde mich darum kümmern. Ich bin Arzt. Dr. Bernard Schilling. Meine Mutter ist Französin. Er ist nur gestürzt. Kein Grund zur Sorge.«

Die Rezeptionistin, auf deren Schild ich den Namen Jelena entziffern konnte, sah mich entgeistert an. Als ich mein Spiegelbild in einem der Fenster erkannte, wusste ich auch warum. Beim Versuch, einige Minuten zuvor Damians Blutung zu stoppen, indem ich meine Handfläche auf die klaffende Wunde drückte und die halbe Wodkaflasche darüber entleerte, hatte sich das Blut-Wodka-Gemisch auf meinem weißen Hemd verteilt und auch mein Gesicht hatte einiges davon abbekommen. Der Anblick belustigte mich.

»Also«, fuhr ich fort. »Bernard Schilling! Herr Milenkovic hat für uns reserviert.« Ich konnte mich kaum auf den Beinen halten.

Widerwillig schob Jelena die Chipkarten über den Tresen.

»Zimmer 214. Zweiter Stock und dann rechts. Die vorletzte Tür.«

Ich verfrachtete Damian in den Fahrstuhl und schleppte ihn ins Zimmer. Dort angekommen, hievte ich ihn ins Bett, schnupfte eine Line nebenbei und ließ keine unbeträchtliche Menge venezolanischen Rum in meinen Rachen träufeln. Damian war kaum ansprechbar. Irgendwo in seiner Männerhandtasche fand ich eine Pille MDMA, die ich ihm in den Mund drückte. Eine Ohrfeige sollte sicherstellen, dass das Ding auch dort ankam, wo es hingehörte.

MDMA kann halluzinogen wirken und führt meist sofort zu einer gehobenen Stimmungslage mit Glücksgefühlen, Hemmung von Ängsten, hoher Selbstakzeptanz, dem Gefühl von Nähe zu anderen sowie emotionaler Verbundenheit. Gleichzeitig wirkt es aufputschend, antriebs- und leistungssteigernd.

»Das wird dich aufpäppeln«, sagte ich in die Luft und desinfizierte die Wunde erneut. Dann bereitete ich die Operation vor. Von einer mir gut bekannten Chirurgin hatte ich mir vor einiger Zeit ein spezielles Verbandspaket zusammenstellen lassen, das auch Nadel und Faden beinhaltete. Man konnte nie wissen. Ich setzte mich auf Damians Brust und tat entschlossen den ersten Stich. Auf Drogen geht einem so etwas leichter von der Hand. Gerade noch rechtzeitig, bevor die Wirkung des MDMAs einsetzte, stach ich den letzten Haft. Das Bett sah aus, als hätte man eine Kuh darin geschlachtet; Damians Stirn, als hätte ein Rottweiler seine spitzen Zähne da hineingetrieben. Langsam öffnete er die Augen.

»Was zum Teufel …«

Ruckartig sprang ich von seiner Brust und brachte mich in Sicherheit. Keine Ahnung, wie er reagieren würde. Zu viele Substanzen hatten sich die letzten Stunden über in seiner Blutbahn vermischt. Ich musste vorsichtig sein. Langsam richtete er sich auf und tastete seine Stirn ab. Das MDMA begann zu wirken.

»Bernard!«, rief er in einem Anfall kindlicher Euphorie. »Hast du mich gerade gefickt?«

»Bist du verrückt geworden!?«, schrie ich. »Ich hab dir das Leben gerettet. Du warst am Verbluten.«

»Ich will nur, dass du weißt, dass es mir nichts ausmachen würde. Mi trasero es tu trasero. Wenn du ihn willst, nimm ihn dir ruhig. Ich liebe dich, mein Bruder.«

Dann sprang er aus dem Bett und umarmte mich.

»Reiß dich zusammen!«, schrie ich ihn an. »Ich muss duschen. Würde dir auch nicht schaden.«

Dann riss ich mich los und flüchtete ins Bad. Verschloss die Tür und glitt mit dem Rücken dagegen gelehnt zu Boden. Auf der anderen Seite hörte ich Damian durch das Zimmer torkeln. Möbelstücke und andere Gegenstände krachten zu Boden, einige Augenblicke später knallte die Zimmertüre ins Schloss. Dann Stille. Ich versuchte mich zu sammeln. Das Badezimmer sah aus wie ein überdimensionaler Sarg mit all den schwarzen Fliesen überall. Es war beängstigend. Als wollte man mich lebendig beerdigen. Ich robbte in Richtung Waschbecken und zog mich daran hoch. Als ich meinem Spiegelbild entgegen blickte, wäre ich beinahe wieder zu Boden gefallen.

»Um Himmels Willen«, hörte ich mich sagen. »Wer bist du denn?« Das eingetrocknete Blut überall; die blutunterlaufenen Augen, die mich anstarrten sowie das ausgemergelte Gesicht, in das ich sah, ließen mich für den Bruchteil einer Sekunde an der Sinnhaftigkeit meines Projekts zweifeln. War es das alles wert? Würde ich die folgenden Tage überhaupt überleben? In der Hoffnung, es wären nur die Drogen, die diese Stimmen in mir verursachten, begab ich mich unter die Dusche. Das Gewand noch immer am Körper. Es spielte keine Rolle. Ich hatte andere Probleme und ein ungutes Gefühl. Vor allem, als ich das eingetrocknete Blut von Händen und Gesicht wusch und dabei zusah, wie es der Abfluss aufsog, wäre ich am liebsten umgefallen, um für einige Stunden zu schlafen. Doch fehlte dafür die Zeit. Damian war irgendwo da draußen und zerlegte das Hotel vermutlich gerade in seine Einzelteile. Ich musste mich beeilen.

Als ich nach ungefähr fünfzehn Minuten aus dem Badezimmer trat, bot sich mir ein furchteinflößender Anblick. Alles, was zuvor auf Schränken, Kommoden oder Regalen gestanden war, lag zerbrochen auf dem Teppichboden herum. Ohne mich weiter darum zu kümmern, rannte ich auf den Flur hinaus. Irgendwo in der Ferne vernahm ich beunruhigendes Raunen. Benommen taumelte ich einige Schritte weiter, den Flur entlang, die Stufen nach unten und an Jelena vorbei. Dort, wo »Indoorpool« auf einem Hinweisschild stand, ging ich hinein und konnte wenige Augenblicke später meinen Augen nicht trauen. Splitterfasernackt und mit einer monströsen Erektion stand Damian am Rande des Indoor-Pools, in dem sich ungefähr 25 Gäste befanden, hielt die Hände wie ein Prediger über das Wasser gestreckt und sprach:

»Als nun Mose seine Hand über das Meer reckte, ließ es der Herr zurückweichen durch einen starken Ostwind die ganze Nacht und machte das Meer trocken und das Wasser teilte sich. Und die Israeliten gingen hinein mitten ins Meer auf dem Trockenen und das Wasser war ihnen eine Mauer zur Rechten und zur Linken. Kommt nun, meine Israeliten!«, schrie er. »Kommt und geht durch den Strahl hindurch. Er wird euch reinwaschen von euren Sünden und ihr werdet ewigen Frieden im Paradies finden.« Dann pisste er, begleitet von einem langgezogenen *Amen,* in das Schwimmbecken hinein.

Der erste, der aus dem Wasser gesprungen war und mit verzerrter Fratze auf Damian zustürmte, war ein volltätowierter, vollbärtiger MMA-Kämpfer in einer klassischen Achtziger-Jahre-Badehose in den Farben der serbischen Nationalflagge. Ich musste dringend einschreiten und das Unabwendbare irgendwie abwenden.

In einer Kurzschlussreaktion stürmte ich auf Damian zu, erreichte ihn aufgrund der kürzeren Distanz als erster und versetzte ihm einen eingesprungenen Fauststoß direkt gegen das Kinn.

»Jebem ti majku!«, entfuhr es den Badegästen, als Damian benommen zu Boden sackte und wie eine zertrampelte Rose dort liegen blieb. Kurz wurde es still. Einige applaudierten. Dann schrien plötzlich alle wild durcheinander.

»Da li si video to …?« Die Menge schien amüsiert und war nicht mehr zu halten.

Den Schockmoment ausnutzend packte ich Damian in einen der Handtuchwagen und schob ihn aus dem Badebereich direkt aus dem Hotelkomplex hinaus, wo wir uns in einigen Metern Entfernung versteckten. Langsam kam er zu sich.

»Bernard«, stammelte er, »was ist passiert? Mein Gesicht fühlt sich an, als hätte ein Elefant darauf geschlafen.«

»Alles in Ordnung«, stöhnte ich und sah alles um mich herum nur noch in diffusem Licht. An einen Baumstamm gelehnt, verlor ich für einige Augenblicke das Bewusstsein.

Wir hatten Glück. Der Hotelmanager sah davon ab, die Polizei zu informieren, da es uns gelang, sein Gemüt mit umgerechnet 500 Euro zu besänftigen. Das entspricht immerhin einem durchschnittlichen Monatseinkommen in diesem Land. Per Handschlag besiegelten wir das Abkommen, nie wieder über den Vorfall zu sprechen. Seither waren ungefähr zwei Stunden vergangen. Damian hatte sich einigermaßen erholt; nur ich war dem Tod näher als jemals zuvor. Ich musste etwas dagegen unternehmen und entriss Damian seine Männerhandtasche. Der Blick in diese Schatzkammer erfüllte mich mit Hoffnung. Ein, zwei Pillen Methamphetamin sollten meinen Energielevel wieder in den Normalbereich zurückkatapultieren. Die Sonnenbrille verdeckte das Schlimmste. Es war bereits Abend; 17.30 Uhr. Wir mussten essen.

Methamphetamine setzen wichtige Botenstoffe wie etwa Dopamin frei, das auf das Belohnungszentrum des Gehirns wirkt. Das steigert die körperliche und geistige Leistungsfähigkeit und verleiht ein Gefühl von starker Energie und glasklaren Gedanken.

Damian hatte sich in der Zwischenzeit das Blut vom Körper gewaschen und saubere Kleidung besorgt. Woher, wusste ich nicht. Und so, wie er aussah, wollte ich auch gar nicht danach fragen. Eine ausgeleierte Jogginghose in leuchtendem Gelb, kombiniert mit einem T-Shirt, auf dem der Schriftzug *Gott hasst uns alle* prangte. Vor allem das Neon war auf Drogen kaum zu ertragen. Aber Damian hatte schon immer einen Sinn für Mode.

GIPSY-TOWN

Nachdem wir einige Bureks gekauft hatten, torkelten wir abseits der Straßen durch die Nebengassen, um das balkanische Lebensgefühl in uns aufzusaugen und Kontrollorganen zu entgehen. Wir hatten kaum miteinander gesprochen, seitdem wir uns in den Wagen gesetzt hatten. Die Drogen waren zu präsent und zu stark waren die Eindrücke, die sie verursachten. Zu groß die Angst vor diesen schrecklichen Bildern, die plötzlich vor einem auftauchten und dann im Nichts verschwanden. Wir waren ihnen ausgeliefert. Hilflos. Hatten jegliche Kontrolle verloren. Kein Schein. Kein Verstecken. Nur das nackte Grauen in unseren Augen. Wie lange wir das noch durchhalten würden, konnte ich nicht sagen. Dabei waren wir gerade erst am Anfang. Und Kanelopolus' letzte Hoffnung waren wir auch. Von der Botschaft kümmerte sich niemand. Den Behörden seien die Hände gebunden, hatte man Kanelopolus' Familie mitgeteilt, die es wiederum mir, einige Tage vor der Abreise, mitgeteilt hatte. Solange das Urteil nicht rechtskräftig sei, bestehe keine Möglichkeit auf Überstellung. Und das könne dauern.

Dass es in anderen vergleichbaren Fällen nicht so lange gedauert hatte und in manchen wenigen Fällen sogar nur wenige Tage, darüber wollte niemand sprechen. Im Stillen wusste man es aber. Walter war dem System ausgeliefert. Ob dem österreichischen oder dem serbischen, war nicht genau zu klären. Es machte aber keinen Unterschied. Da und dort hatten die Verantwortlichen in der Regel wichtigere Dinge zu tun, als einem Drogendealer beim Wiedererlangen seiner Freiheit zu helfen. Wie auch immer man sich einen Drogendealer vorstellte. Und wie auch immer jemand als Drogendealer zu definieren war. Das ist Ansichtssache. Für gewöhnlich galt aber die Ansicht, er wäre ein blutrünstiger Krimineller. Einer, der die Leben von unschuldigen Menschen zerstörte. Die Leben von guten Menschen. Von ehrenwerten Bürgern. Von Jugendlichen und Kindern. Vermutlich sogar direkt der Mafia unterstellt. Ein Schädling. Einer, der aus dem Verkehr gezogen werden muss. Ehest möglich und am besten für immer.

Aus vielen Gesprächen weiß ich, dass so in etwa das Bild des gängigen Drogendealers in den Köpfen vieler Menschen aussieht. Warum? Weil sie vermutlich viel fernsehen und weil es so in der Zeitung steht. Was gäbe es da auch sonst noch zu hinterfragen?

Je weiter wir uns von der Innenstadt entfernten, desto elender entblößte die Umgebung um uns herum ihre hässliche Fratze. Von Häusern und Straßen war beim besten Willen nicht mehr zu sprechen. Irgendwann waren nur noch abrissfällige Bauwerke zu erkennen. Übereinandergestapelte Ziegelsteine mit aus morschem Holz gefertigten Dachstuhlkonstruktionen, die beim leisesten Luftzug in sich zusammenzukrachen drohten. Wo Ziegelsteine fehlten, hatte jemand als Ersatz Polystyrol-Würfel dazwischen gekeilt. Der Beton-Riffelstahl, der aus einigen der Ziegel herausragte, wartete nur darauf, umherlaufende Kinder aufzuspießen. Als Türen dienten zu Vorhängen zusammengenähte Stoffreste. Als Fenster auch. Als Wäscheleinen lediglich Schnüre, die von einer Ziegelmauer zur nächsten reichten und auf denen bunte Stoffe im Wind wehten. Die Straßen waren mit einem natürlichen Gemisch aus Erde, Sand und Steinen bedeckt. Die Menschen sahen uns an, als kämen wir aus einer anderen Welt. Wie recht sie damit hatten.

»Siehst du«, flüsterte ich, »die haben es auf deine Hose abgesehen. Ich wusste, dass die uns noch Probleme bereiten wird.«

»Dafür müssten sie mich erst töten. Und das schaffen die nicht. Schau mal, wie klein die sind. Sehen ein bisschen aus wie Oompa Loompas. Fast schon niedlich.«

Damian nahm ein Stück Burek und warf es ihnen vor die Füße.

»Esst nur, meine Kleinen«, sagte er, »esst, bevor es kalt wird ...«

Damian hatte offenbar völlig den Verstand verloren. Dementsprechend aussichtslos war es, mit ihm zu reden. Er hatte sich in eine andere Welt eingeklinkt, vermutlich aus Selbstschutz vor diesen fremden Bildern, die einem für immer im Gedächtnis haften blieben. Vor den Bildern völlig verdreckter Kinder, die ohne Perspektive in den Tag hineinlebten und nur darauf hinwarteten, eines Tages eine Suite im hiesigen Knast zu beziehen. Alles schien vorprogrammiert. Es war der Lauf der Dinge. Der Lauf der Welt. Und letzten Endes kann ich nur von Glück sprechen, in einem Land wie Österreich geboren worden zu sein. Doch auch das bleibt am Ende Ansichtssache.

Irgendwo aus der Ferne drang plötzlich heiteres Gelächter in mein akustisches Wahrnehmungsfeld, das sich mit folkloristischen Gitarren- und Harmonikaklängen vermischte. Unsicheren Schrittes folgten wir der Akustik und drangen dabei immer tiefer in die Siedlung vor. Die reale Welt, in der wir uns tagtäglich bewegten, geriet mit jedem Schritt weiter in den Hintergrund, ehe wir vor einer der alten Ruinen eine Heerschar an Menschen erblickten; sie feierten. Was genau es für sie zu feiern gab, konnte ich nicht sagen, doch spielte es offensichtlich keine Rolle. Die Stimmung war ausgelassen. Der Alkohol – meist selbstgebrannter – schien sein Übriges beizutragen. Zumindest hier gab es eine Verbindung zur Heimat. Gesoffen wird so ziemlich überall.

»Dodji, dodji!«, rief plötzlich einer der Festgäste und fuchtelte mit seinen schmutzigen kleinen Händen.

»Die wollen uns fressen! Wir müssen aufpassen!«, flüsterte Damian, während wir uns der Meute näherten.

Dodji rannte auf uns zu – bei näherer Betrachtung erkannte ich eine Frau – und packte Damian am Arm.

»Kommensie, kommensie«, rief sie erneut und führte uns zur Festgemeinschaft. Schweigend folgten wir. Was hatten wir schon zu verlieren?

Das Party-Equipment ließ zu wünschen übrig. Als Tische dienten lediglich von der Witterung schwer gezeichnete Holzbretter, die auf gestapelten Ziegelsteinen lagen. Menschen saßen auf der Erde, auf Eimern oder Steinen.

Frauen hockten am offenen Feuer und kochten Suppe oder Eintopf. »Pasulj«, sagte eine der Köchinnen. Sie hatte kaum Zähne im Mund. Dennoch lächelte sie.

»Bohnensuppe«, übersetzte Damian. Dass er dazu noch im Stande war, verwunderte mich. Irgendwann in den letzten Stunden hatte sich dieser einst so stattliche und ansehnliche junge Mann mit einem leichten Hang zur Selbstzerstörung in eine ängstliche Kreatur verwandelt. Der sonst so entschlossene und weltoffene Blick war aus seinem Gesicht gewichen. Die Drogen arbeiteten in uns. Schon seit geraumer Zeit existierte lediglich der gegenwärtige Augenblick. Der Moment. Nichts sonst war noch von Bedeutung. Und auch auf die vielen Menschen, die uns da anstarrten, als kämen wir von einem fremden Planeten, schien Gleiches zuzutreffen. Was sonst blieb ihnen übrig, als sich an die Gegenwart zu klammern? Es war sinnlos, auch nur einen Gedanken an das Morgen zu verschwenden, das ohnehin ungewiss vor ihnen lag.

»Setzensie«, forderte uns *Dodji* auf und scheuchte zwei Halbwüchsige von ihren Sitzgelegenheiten. »Woher kommen?«

»Austria«, antwortete ich, während einer der Jungen zwei Dosen Bier vor uns auf den Tisch stellte.

»Ah, Austria … Kängurus. Sind sie weit gegangen.«

Damian startete unterdessen ein Gespräch mit einem der Männer in slawischer Sprache. Mir hingegen fehlte die Kraft, den Unterschied zwischen Österreich und Australien zu erläutern und ich nickte lediglich. Außerdem benötigte ich dringend Stoff, um die bevorstehenden Stunden zu überstehen. Aus irgendeiner Ecke kroch plötzlich der unverkennbare, süßliche und seit jeher geliebte Duft guten alten Grases in meine empfindlichen Nasengänge. Wir schienen hier richtig zu sein.

Nachdem wir in aller Kürze unsere Lage geschildert hatten und keinen Hehl daraus machten, am nächsten Tag unseren Walter Kanelopolus zu besuchen, begann es zu rumoren. Die Männer schrien aufgeregt durcheinander. Wild gestikulierend und als wollten sie uns irgendetwas wichtiges mitteilen. Unauffällig schob ich eine Pille Methamphetamin in den Mund. Einige Augenblicke später war ich wieder hellwach. Zumindest auf meinen Geist schien das zuzutreffen.

»Droga, Droga!«, rief einer aus der hinteren Reihe. »Zwanzig Kilo Droga!«

Es bestätigte sich der Verdacht, dass der gute Herr unseren Walter kannte oder zumindest von ihm gehört hatte. Direkt neben mir ließ er sich auf der Erde nieder. Auch in seinem Mund waren Zähne Mangelware. Damian hatte sich zwischenzeitlich einige Meter abseits zu einem Wurfmesser-Contest überreden lassen und schleuderte die selbstgemachten Klingen entschlossen in einen Holzpflock. Gespannt versuchte ich den Worten des jungen Mannes zu folgen, der sich mir als Zarko (Scharko) vorstellte und mir sogleich einen Joint reichte. Guter Mann. Gemeinsam mit einer jungen Dame, die älter als zwanzig nicht gewesen sein konnte, dafür aber in Ansätzen Deutsch sprach und noch über alle ihre Zähne verfügte, versuchte er uns seine Verbindung zu Walter zu erklären. Die Schönheit des Mädchens ließ meiner Konzentration allerdings nur wenig Freiraum.

Das pechschwarze Haar fiel links und rechts entlang ihres schmalen Gesichts herab. Der Blick stechend scharf. Ihre Augen ein Mysterium. Der dunkelbraune Farbton ihrer seidigen Haut konnte verführerischer nicht sein und ließ mich für einige Sekunden in einen sinnlichen Tagtraum abdriften.

»Zarko war gemeinsam mit Walter in einer Zelle«, sagte das Mädchen plötzlich und riss mich augenblicklich wieder in die Realität. Doch überraschte mich die Tatsache am Ende wenig. Mehr als die Hälfte der hier lebenden Minderheit, zu der auch einige ärmliche Serben, Albaner, Ungarn und Mazedonier zählten, hatte bereits Bekanntschaft mit Vranjes Gefängnis gemacht.

»Wie geht es ihm? Haben Sie miteinander gesprochen? Wird er überleben?« Tausend Fragen in meinen Kopf. Die wichtigsten versuchte ich auszusprechen. Das Mädchen übersetzte. Zarko antwortete. Dann übersetzte das Mädchen erneut. Damian hatte bei seinem letzten Versuch acht von zehn Messern erfolgreich im Holzpflock versenkt. Die Männer jubelten und führten ihm selbst gepanschten Schnaps zu.

»Zarko sagt, dass es ihm besser geht als den meisten anderen. Er ist ein sonderbarer Bursche, sagt er. Als würde er sich mit der Strafe abgefunden haben. Probleme mit anderen Häftlingen hat er nicht. Es geht ihm gut.«

Die Antwort irritierte mich. Und Zarko erzählte weiter. Unter anderem, dass sich Walter mit einem Roma angefreundet hätte, der erst vor wenigen Tagen in seinen Armen verstorben war. Er war krank gewesen und die Beamten hätten viel zu spät reagiert und ihn sterben lassen. Dreißig Minuten haben sie gewartet, bis sie schließlich die Zelle geöffnet hatten und nur noch den Tod des jungen Mannes feststellen konnten. Offiziell war er an einem Herzinfarkt gestorben. Ich war zunächst fassungslos, weil ich nicht verstand, wie ich mir sowas vorstellen sollte. Ein Häftling erleidet einen Herzinfarkt; andere Häftlinge informieren die Beamten, indem sie gegen die dicke Stahltüre hämmern; ein Beamter kommt nach zehn Minuten; sieht den Jungen regungslos am Boden liegen; schließt die Tür, um den Gefängnisarzt zu informieren, der wiederum zwanzig Minuten braucht, um am Ende dessen Tod festzustellen? Und weil der Verstorbene ein Rom war, verzichtet die Justiz auf jegliche Art der Untersuchung. Ich war, wie bereits erwähnt, fassungslos.

Sobald jemand das eigene Leben über das eines anderen stellt, hat er nicht verstanden, was das Leben bedeutet und wird elend in der Hölle verbrennen. Das hoffe ich zumindest.

»Das Leben eines Roms ist hier nichts wert«, sagte das Mädchen. »Es kümmert niemanden, ob einer von uns stirbt oder nicht. Wir haben keine Rechte. Wir sind den Einheimischen ein Dorn im Auge und letzten Endes ihrer Willkür ausgeliefert. Aber keine Angst; Walter werden die nicht so einfach sterben lassen. Vor der Botschaft haben selbst die Serben hier Respekt.«

Zumindest das waren gute Neuigkeiten, wobei es mir zusehends schwer fiel, den Gesprächen zu folgen. Leonora, wie das Mädchen hieß, stellte einen Kelch Bohnensuppe vor mir ab. Ich aß. Danach gab ich mich – so, wie es Damian bereits seit einer ganzen Weile praktizierte – der ausgelassenen Stimmung hin. Tanzte, lachte und trank. Irgendwann reichte mir Leonora eine Gitarre und begleitete mein Spiel mit zauberhafter Stimme. Wir verschmolzen mit der Nacht. Alles um uns herum schien in einen dichten Nebel gehüllt. Der Augenblick als einzige Möglichkeit, dem Leben offen und mit Freude zu begegnen. Die Armut sowie die Tatsache, nirgendwo in diesem Land willkommen zu sein, als Teil des Lebens akzeptieren. Und trotzdem erkannte ich keine Gräuel in ihren Gesichtern. Hatte zu keinem Zeitpunkt das Gefühl, auf meine wenigen Besitztümer, die ich mitgebrachte hatte, achten zu müssen. Es war eigenartig. Diese Menschen hatten nichts. Und mit *nichts* meine ich nicht, dass sie von der Notstandshilfe leben mussten oder sich keine Luxusgüter leisten konnten. Diese Menschen lebten von der Hand in den Mund. Viele von ihnen sammelten den ganzen Tag über Müll und verkauften ihn an Recyclingfirmen. Andere stahlen Lebensmittel aus Supermärkten, um die Kinder durchzubringen. Nicht einmal der Boden, auf dem sie lebten, existierte offiziell. Die Roma in Serbien zählten – und daran bestand kein Zweifel – zu den Ärmsten der Armen in diesem Land.

»Sie leben in Slums, die es nicht gibt, in Straßen, die es nicht gibt, in Hütten, die keine Hausnummern haben. Die hier geborenen Kinder gibt es nicht, weil sie an einem Ort geboren sind, den es nicht gibt, und diesen Ort gibt es nicht, weil er in keinem Katasteramt verzeichnet ist und offiziell nicht existiert.«

– Ljiljana Stanojevic,
Journalistin; in einer Talkshow des öffentlich-rechtlichen Senders Vojvodina

Die Nacht hatte sich über uns ausgebreitet wie ein schützender Mantel, der jeglichen Gedanken an einen fernen Punkt in der Zukunft überdeckte. Jegliches Zeitgefühl war aus dem Leben gewichen. Ich war beeindruckt von diesen Menschen. Von der Art und Weise, wie sie ihrem Schicksal gegenübertraten. Nichts konnte ihnen etwas anhaben. Kinder tanzten noch weit nach Mitternacht um die vielen Feuerstellen herum. Bekämpften sich mit selbst geschnitzten Holzschwertern oder ließen alte Autoreifen einen Abhang hinunterrollen und liefen laut jauchzend hinterher. Ich konnte das pure Leben in den Augen dieser Menschen erkennen. In Damians Augen hingegen konnte ich das Leben entweichen sehen. Er war kaum noch im Stande, sich auf den Beinen zu halten; ich versuchte erst gar nicht aufzustehen. Körper und Seele schienen sich separiert zu haben. Ich hatte keine Kontrolle mehr über meine fleischliche Hülle. Als hätte sie sich aufgelöst. Leonora hatte sich an meinen Rücken geschmiegt, während ich vergeblich versuchte, das Tabak-Gras-Gemisch in eines der Papiere zu rollen. Irgendwann saßen wir eng umschlungen vor einer der Feuerstellen; die Blicke leer, aber dennoch voller Hoffnung. Manche tanzten noch immer. Andere hatten sich zum Schlafen in ihre Hütten begeben. Es wurde ruhig. Das Feuer flackerte; verlieh den Nachtstunden etwas Geheimnisvolles, ehe es, vermutlich irgendwann im Morgengrauen, das letzte Mal aufleuchtete. Ein letztes Knistern. Ein letztes Aufbäumen. Dann war es still. Nur der sanfte Wind pfiff gemächlich durch die Gassen. Ließ die aufgehängten Lumpen leise hin- und herschaukeln und schob leere Getränkedosen über den mit Sand bedeckten Boden. Alles schlief. Mehr oder weniger.

Es waren diese unsichtbaren Bürger Serbiens, die mich an der Idee des Wohlstands zweifeln ließen. An der Idee, das eigene Glück im materiellen Besitz zu suchen und genau dadurch nie wirklich zufrieden zu sein. Ständig gibt es irgendetwas zu beklagen. Entweder ist die Wohnung nicht groß, das Auto nicht schnell und das Smartphone nicht neu genug. Wir machen das eigene Glück von Ereignissen in der Zukunft abhängig. Vom nächsten Urlaub oder von der Pension. Wir fühlen uns schlecht, weil der Nachbar ein größeres Haus mit einem größeren Garten besitzt. Es ist erbärmlich. Vor allem der Neid ist es, von dem die Menschen in der westlichen Welt getrieben sind. Der Neid macht sie rastlos. Ständig auf der Suche nach dem nächsten Rausch, der dem sonst so belanglosen Dasein einen Sinn gibt. Zumindest für einige Stunden; wenn man Glück hat.

Der größte Feind in unserem Leben ist wohl die Zeit geworden. Unaufhaltsam und furchteinflößend sitzt sie jedem von uns im Nacken und zwingt uns zur Unachtsamkeit. Jeden Tag gibt es tausend Dinge zu erledigen. Dinge, die erledigt werden müssen, weil sonst die Weltordnung ins Wanken geraten würde. Wir sind Getriebene. Getriebene der Zeit und vor allem Getriebene unserer eigenen Vorstellung des Glücks. Nach außen hin reich. Im Inneren bettelarm. Wir sind bedauernswerte Lebewesen, deren Wohlstand auf dem Leid anderer beruht und darauf sind wir stolz. Stolz, im Westen geboren zu sein. Stolz auf das eigene Land. Patrioten. Wir sind erbärmlich.

»Noch im 20. Jahrhundert zogen Roma-Familien mit Pferdegespann durch Berg und Tal, lebten in Zelten, im Sommer und Winter auf der grünen Wiese und waren berühmt für ihre Handarbeiten. Auf Bauernmärkten verkauften sie Gegenstände aus geschnitztem Holz und boten Küchenutensilien aus Metall an. Im 21. Jahrhundert sind Roma die Verlierer des Übergangsprozesses in Serbien. Elendssiedlungen und Arbeitslosigkeit bestimmen ihr trostloses Dasein.«

– Danja Antonovic

Irgendwann – die Sonne kämpfte sich bereits hinter dem Besna Kobila hervor – riss mich Damians Klingelton aus dem Schlaf. Ich fühlte mich wie tot. Zumindest musste sich Totsein genauso anfühlen, wie ich mich fühlte. Damian lag einige Meter weiter regungslos unter der Tischplatte, Leonoras Kopf auf meiner Brust. Ich konnte kaum etwas sehen. Damian bewegte sich keinen Millimeter. Behutsam bettete ich Leonoras Kopf auf einer der Decken und robbte zu meinem Kompagnon. Als ich das Telefon aus seiner Hosentasche gefingert hatte, rollte ich mich auf den Rücken; am anderen Ende der Leitung Sreten.

»Dobro jutro!«, hörte ich ihn ins Telefon brüllen. Die Sonne verursachte grauenhafte Kopfschmerzen.

»Wo seid ihr denn?«, wollte er wissen, »Walter wartet schon auf euch!«

Mit einem Mal war ich hellwach. Verdammte Scheiße, dachte ich. Noch immer am Boden liegend versuchte ich Damian zu wecken. Der sah noch schlimmer aus als ich. Hoffte ich zumindest.

»Was zum ... verdammt; wo bin ich?«

Ich hatte Damian noch nie zuvor in einem solchen Zustand gesehen und ich hatte ihn schon in vielen Zuständen gesehen.

»Wir müssen los«, stammelte ich, »wir müssen zu Walter.« Dabei konnte ich nicht einmal mit Gewissheit sagen, ob mich meine Beine so weit tragen würden. Und auch Damian schien sich ähnliche Fragen zu stellen.

»Das geht nicht«, krächzte er, »du musst allein los.« Dann schloss er erneut die Augen. Also schlug ich ihm ins Gesicht.

IM KNAST

Es waren circa 15 Minuten vergangen, jeweils zwei Lines in unseren Nasen gelandet, eine Pille Tilidin in unseren Mägen und etwa 0,2 Liter Wodka, ebenfalls in unseren Mägen, um den Entzugserscheinungen entgegenzuwirken, als wir schließlich aufbrachen. Wir sahen aus, als hätten wir uns über Wochen hinweg durch den Dschungel geschlagen, mit Tigern gekämpft und uns von Ast zu Ast geschwungen. Die Kleider verdreckt und die Blicke starr vor Angst. Die Paranoia hatte mich nach wie vor fest im Griff. An einer Regentonne versuchten wir, den gröbsten Schmutz abzuwaschen. Zumindest würden wir uns nicht mehr von jenen Besuchern unterscheiden, die wir gestern vor dem Gefängnis gesehen hatten. Als Sreten uns einige Minuten später erblickte, fiel ihm das festgefrorene Lachen aus dem Gesicht und zersplitterte auf dem Boden in tausend Scherben.

»Was ist denn mit euch passiert? Wurdet ihr ausgeraubt?«

Ich verneinte.

»Lange Geschichte.«

Dann folgten wir ihm in das Innere des Gefängnisses. Ein ungutes Gefühl machte sich in mir breit. Die Beamten begutachteten uns mit skeptischer Miene. Sreten unterhielt sich mit einem von ihnen heiter. Dann wandte er sich erneut mir zu. Damian beachtete er erst gar nicht. Er schien nicht anwesend zu sein.

»Ihr habt eine halbe Stunde«, sagte er. »Ich warte draußen auf euch.«

Dann war er verschwunden. Zuvor hatte ich ihm noch Damians Männerhandtasche übergeben. Die Beamten mussten nicht unbedingt sehen, was wir darin gelagert hatten.

Der Eingangsbereich des Knastes erinnerte mich an die Gemäuer der Roma-Siedlung. Der Putz bröckelte von den Wänden. Da und dort erkannte ich den Versuch, den Verfall mit oranger Farbe zu kaschieren. Vergebens. Als hätten wir einen Kerker aus einer längst vergangenen Zeit betreten. Es roch eigenartig. Schweiß vermischte sich mit einem kaum zu definierenden Aroma, das von der Gefängnisküche durch die Gänge schlich. Die Uniformen der Wärter stammten noch aus dem Zweiten Weltkrieg. Einer von ihnen tastete uns ab. Dann führte er uns in den Besucherraum – eine dunkle Kammer, ein Tisch, drei Stühle. Wir setzten uns. Damian sah mich an, als hätte er meine Anwesenheit zuvor gar nicht bemerkt.

»Was machen wir hier eigentlich? Warum sind wir im Knast?«

Die vergangenen 36 Stunden waren vielleicht ein bisschen zu viel des Guten. Hatten wir es übertrieben? Ich hatte keine Ahnung. Das Ziel, sich des objektiven Blicks zu entledigen, war jedenfalls erreicht.

»Reiß dich zusammen«, lallte ich. »Wir haben es fast geschafft.«

Dabei war ich selbst kaum in der Lage, mich länger als eine Sekunde auf etwas zu konzentrieren. Das Diktiergerät hatte ich bereits auf dem Tisch platziert. Ich war aufgeregt. Würde Walter tatsächlich einen so gefassten Eindruck machen, wie es Zarko beschrieben hat? Um mich herum drehte sich alles. Schon wieder. Plötzlich trommelte jemand energisch gegen eine der Stahltüren; gefolgt von angsterfüllten Schreien. Mir stockte der Atem. Drei der Wärter sprangen von ihren Stühlen und sprinteten die Treppen hinauf. Kurz war es still. Dann erneut Schreie. Diesmal von den Wärtern. Dumpfe Schläge. Dann wieder Schreie. Einige Augenblicke später knallte die Tür wieder ins Schloss. Wieder Stille. Ich konnte meinen Herzschlag in meinem Hals pochen spüren. Gemächlichen Schrittes trotteten die Wärter zurück in ihre Kanzlei. Einer von ihnen lachte. Als wäre nichts Aufregendes geschehen. Lediglich ein Kieferbruch oder Ähnliches. Ein Tag wie jeder andere. Dann, nach weiteren 15 Minuten, die wir nebeneinander in dieser Kammer hockten und uns anschwiegen, stand plötzlich Walter Kanelopolus in der Tür. Ein Wärter führte ihn herein, dann schloss er die Türe ab. Walter setzte sich uns gegenüber. Und ich war tatsächlich positiv überrascht.

Trotz des fahlen Teints, der vermutlich der Bestrahlung der Neonleuchten geschuldet war, wirkte Walter wach und präsent, was man von Damian und mir nicht gerade behaupten konnte. Dementsprechend entgeistert sah Walter uns an. Die Augen glasklar. Die Haltung gerade. Schmal, aber dennoch bei Kräften. Bereit für das Interview, für das ich nicht eine einzige Frage vorbereitet hatte. Aber wozu auch? Gute Interviews entstehen aus der Situation heraus, redete ich mir ein. Und die Situation schien für mich erdrückender zu sein als für Walter selbst, der mittlerweile seit fünf Monaten hier lebte. Gemeinsam mit zwei Albanern und einem Türken, wie Zarko berichtete.

»Guten Tag«, eröffnete Walter schließlich das Gespräch. »Geht es euch gut?«

Unabhängig davon, dass die Frage eigentlich aus meinem Mund hätte kommen müssen, bejahte ich und aktivierte das Diktiergerät. Ich versuchte, mich zu konzentrieren. Es wollte mir aber nicht gelingen.

»Nun gut«, stammelte ich und öffnete mein Notizbuch, um zumindest den Anschein zu erwecken, als würde ich wissen, was ich tat. »Erzählen Sie uns Ihre Geschichte. Was ist passiert? Warum haben Sie getan, was Sie getan haben und wie werden Sie hier behandelt?«

Ich erachtete es als äußerst geschicktes Manöver, gleich alle Fragen auf einmal zu stellen, um Walter in seinem Redefluss nicht unterbrechen zu müssen. Damian saß kerzengerade neben mir. Den Blick stur geradeaus gegen die Wand gegenüber gerichtet.

»Ignorieren Sie ihn einfach«, sagte ich. »Er hatte keine gute Nacht.« Dann begann Walter zu erzählen.

Der Raum, in dem wir uns befanden, schien zu atmen. Als würden die Wände immer näher an uns heranrücken. Zentimeter für Zentimeter. Unaufhörlich. Ich hielt den Atem an. Verharrte regungslos in meinem Stuhl, an dessen Armlehnen ich mich festkrallte, wie Walter an den letzten Funken Hoffnung, der ihn da noch rausholen könnte. Schweißperlen bildeten sich nicht nur auf meiner Stirn, sondern auf jedem Millimeter meiner Körperoberfläche. Dennoch zitterte ich. Die Buchstaben in meinem Notizblock verzerrten sich vor meinen Augen zu unleserlichen Hieroglyphen. Walters Worte, dessen Bedeutung ich nicht verstand, gingen irgendwo in den Tiefen dieses Raums verloren. Wie tote Seelen schienen sie nach oben zu kreisen und verschwanden aus meinem angeschlagenen Bewusstsein.

Damian hingegen kehrte langsam wieder in die Realität zurück. Er nickte in unregelmäßigen Abständen, als würde er dem Gespräch tatsächlich folgen. Vielleicht hatte er aber auch einen Schlaganfall erlitten. Ich konnte es nicht sagen. Ich war gerade dabei, langsam aus der kausalen Welt zu trudeln und verlor mich in Gedanken. Dachte an Leonora. An ihre zarte, bräunlich schimmernde Haut und das lebensbejahende Lächeln. An ihre Stimme, die mich die halbe Nacht über begleitet hatte und mir sagte, dass alles in Ordnung sei, solange ich es nur zulassen würde. Dass das Leben eine Laune sei und dass ich mich fügen müsse, wenn ich es nicht mit großer Anstrengung bewältigen, sondern leichtfüßig betanzen wollte. Worte aus dem Mund einer Zwanzigjährigen, deren bisherige Lebenserfahrung vermutlich für drei Leben ausreichte. Und auch Walter schien diese Mentalität verinnerlicht zu haben.

War es tatsächlich nötig, alles, woran wir uns in der uns bekannten Welt so sehr klammern, loszulassen, um zu uns selbst zu finden? War Armut der Weg zum Glück? Der Verlust all dessen, das wir als so wertvoll erachten? Worüber wir uns definieren? Was uns ausmacht? Ich konnte kein Wort verstehen, wovon Walter in dieser halben Stunde gesprochen hatte, doch gab es keinerlei Zweifel daran, dass dieser junge Mann mit seinem Schicksal weniger haderte als die meisten anderen Menschen, die ich kannte. Seine Augen und seine Körpersprache – er wirkte kontrolliert und in keiner Sekunde verzweifelt. Doch konnte am Ende alles auch nur Einbildung gewesen sein. Nach genau dreißig Minuten öffnete einer der Wärter die Tür.

»Gotovo«, sagte der und gab Walter mit einer kantigen Kopfbewegung den Befehl zum Aufbruch zurück in die Zelle. Walter gehorchte und reichte uns die Hand.

»Ich hoffe, Sie schreiben was Ordentliches«, sagte er mit einem aufgesetzten Lächeln und ohne tatsächlich daran zu glauben. Ich konnte es deutlich in seinen Augen sehen und es war ihm nicht zu verdenken. Zwei abgehalfterte Junkies, die eine Dienstreise nutzten, um sich in andere Sphären zu katapultieren, hatte er bestimmt nicht erwartet. Den enttäuschten Gesichtsausdruck konnte er beinahe verbergen. Ich erkannte ihn dennoch, trotz meines Zustandes.

Wieder unter der Sonne, wartete Sreten unter einem andächtigen Kastanienbaum auf uns und leckte genüsslich an einem Schokoladeneis. Damian marschierte geradewegs an ihm vorbei. Einfach so und ohne sich umzudrehen. Als hätte er ihn nicht bemerkt. Es sollte das letzte Mal für eine ganze Weile gewesen sein, dass ich ihn sah. Irgendwo hinter einer Hausmauer war er verschwunden. Sreten sah mich irritiert an.

»Ich muss ins Hotel«, behauptete ich sogleich. »Ich muss den Bericht schreiben.«

Sretens Anwesenheit verursachte in mir das Gefühl, ihm jede Sekunde ins Gesicht schlagen zu wollen. Wie kann es sein, dachte ich, als Gefangener von einer solchen Person abhängig zu sein? Sreten war Walters einzige Hoffnung. Sein einziger Kontakt zur Außenwelt. Monat für Monat zahlten seine Eltern eine beträchtliche Summe auf sein Konto. Wenn man das Urteil von acht Jahren als Gradmesser heranzieht, war er sein Geld bisher aber nicht wert gewesen. Es war eine Farce.

»Maximal fünf Jahre wird er am Ende bekommen«, sagte Sreten, als hätte er meine Gedanken gehört. »Ich persönlich glaube, es werden drei. Aber es wird dauern. Noch mindestens ein Jahr, bis das Urteil rechtskräftig ist. Wahrscheinlich rollen sie den Prozess neu aus, dann geht alles wieder von vorne los. Für Walter nicht die beste Situation. Aber da muss er durch. Es hilft nichts.«

Für Sreten war Walter ein Glücksfall. Ein Goldesel. Er verdiente ohne Ende. Und je länger der Prozess dauerte, umso mehr verdiente er. Walter befand sich in einer verzwickten Situation. Wie sehr er sie von seiner Zelle aus einschätzen konnte, war eine ganz andere Frage, doch standen die Zeichen nicht gut für ihn. Er hatte sich in eine Sackgasse manövriert. Vom Leben niedergestreckt, könnte man sagen. Aber er ist wieder aufgestanden, und zwar ziemlich schnell für meinen Geschmack. Er stand mitten in einem Sturm; mit beiden Beinen fest auf der Erde. Gegen das Unwetter ankämpfend. Mutig und tapfer. Wie lange konnte er das durchhalten?

SORGE UM DAMIAN

Nachdem ich Sreten ungefähr fünfzehnmal zu verstehen gab, dass ich keine Zeit hätte, mit ihm Mittag zu essen und mich schließlich erfolgreich verabschiedet hatte, steuerte ich das Hotel Royal Putnik an. Ich benötigte eine Dusche und einen klaren Kopf. Ich fühlte mich leer. Damian hatte seine Männerhandtasche vergessen und ich erwartete, ihn im Hotel anzutreffen. Dort angekommen – keine Spur von ihm. Ich ahnte Schlimmes. Telefonisch war er nicht zu erreichen. Er war verschwunden. Spurlos. Jelena, die Rezeptionistin, sah mich noch erschrockener an als bei unserer ersten Begegnung. Ohne sie zu beachten, trottete ich an den Hotelgästen vorbei, stieg die Treppen hinauf und verschwand im Zimmer. Auch hier kein Anzeichen von Damian. Nichts. War es möglich, dass eine Person seiner Statur einfach verloren ging? Nachdem ich mich davon überzeugt hatte, seinen Leichnam nicht in der Badewanne zu finden, stürmte ich erneut nach draußen. An den Hotelgästen und der Rezeptionistin vorbei, auf die Straße hinaus und in Richtung Roma-Siedlung. Ich lief, als würde mich der Teufel verfolgen. Meter für Meter. Passierte das Gerichtsgebäude und sprintete zwischen den Menschen hindurch. In die Seitengasse hinter der großen Eiche hinein, wo die gefestigte Straße noch ungefähr drei Kilometer aus der Stadt hinausführte, ehe ich in der Ferne bereits das Tor zu dieser anderen Welt erspähte, wo wir die letzte Nacht verbracht hatten. Dort war von der Festtagsstimmung nicht viel übrig geblieben. Die Menschen gingen ihrem gewohnten Alltag nach. Leise schlich ich weiter durch die verwinkelten Wege hindurch. Keine Spur von Damian und auch von Leonora und Zarko war nichts zu sehen. Die Magie des gestrigen Abends war verflogen, nur Schall und Rauch waren davon übrig geblieben. Erschöpft blieb ich stehen und sah mich um. Nichts als deprimierende Einschicht.

Am Ende der Hoffnung angelangt, ging ich noch einige Schritte weiter und erblickte irgendwo an eine bröckelnde Ziegelsteinmauer gelehnt drei Jugendliche. Zwei Jungs und ein Mädchen. Ausgezehrt sahen sie aus, wie alles andere, das ich bisher in diesem Lager gesehen hatte. In den Händen hielt einer der Jungen einen für mich nicht näher erkennbaren Beutel, den die drei abwechselnd über ihre Münder stülpten und tief inhalierten. Ein Lösungsmittel, vermutete ich. Es war die pure Resignation, die ich in ihren ausgemergelten Gesichtern erkannte. Die Augen so leer, die Blicke so hoffnungslos. Die Droge als einzigen, zumindest vorübergehenden, Ausweg erkennend aus einer Existenz, die keiner von ihnen gewählt hatte. Ich setzte mich zu ihnen und beobachtete sie. Beobachtete ihre Reaktion nach jedem Zug. Wie sie in sich zusammensackten und für einige Augenblicke alle Sorgen vergaßen. Vollkommene Zufriedenheit machte sich in ihren Gesichtern breit. Der Rausch als einzige Möglichkeit der Flucht. Als einzige Möglichkeit, dem müde gewordenen Geist Abwechslung zu verschaffen und die erdrückende Realität auszublenden. Die Armut. Die Staatenlosigkeit. Die Tatsache, nirgends willkommen zu sein. Der Diskriminierung ausgeliefert. Keiner von ihnen hatte sich dieses Leben ausgesucht. Sie wurden da hineingeboren, so wie jeder andere auch irgendwo hineingeboren wurde. Der eine hatte Glück, der andere nicht. Und dennoch sprechen wir davon, stolz auf unser Land und auf unsere Herkunft zu sein. Welch Idiotie. Worauf sollten wir stolz sein? Auf das Glück, das wir hatten? Auf das Glück, nicht einige hundert Kilometer weiter südlich geboren worden zu sein? In einem der Slums vielleicht? Froh sollten wir sein. Froh und dankbar. Doch genau das sind wir in der Regel nie. Alles ist selbstverständlich geworden. Die meisten Menschen sind so sehr damit beschäftigt, sich über ihr anstrengendes und ungerechtes Leben zu beklagen, dass die schönen Momente einfach an ihnen vorüberziehen. Sie beachten sie gar nicht. Weil sie nicht mehr dazu in der Lage sind. Weil so etwas in ihrer von Unzufriedenheit angereicherten Welt nicht existieren kann. Sie sind Opfer. Opfer ihrer selbst und ihrer Gedanken. Ständig auf der Suche nach der Erlösung. Nach dem langersehnten Lottogewinn, weil sie glauben, Geld würde irgendetwas an ihrem jämmerlichen Dasein verbessern. Der Reichtum als ewiges und unerreichbares Ziel. Sie sind verloren. Für immer.

Das Mädchen sah mich einige Augenblicke bemitleidend an, dann reichte es mir den Beutel. Unschlüssig sah ich sie an. Ich zögerte. Erkannte den Schmerz in ihren Augen und konnte ihn nicht ertragen. Hoffend, mich in wenigen Augenblicken besser zu fühlen, führte ich den Beutel an meinen Mund und nahm einen tiefen Zug.

Meine Lunge nahm widerwillig die Dämpfe auf. Wie sie innerhalb weniger Sekunden mein Gehirn und das zentrale Nervensystem erreichten. Unmittelbar setzte die Wirkung ein.

In meiner Benebelung schloss ich die Augen und
fühlte von meinen Schultern langsam den Druck weichen.
Mein Gemütszustand verkehrte sich innerhalb weniger
Sekunden ins Gegenteil und verschaffte mir genau das
Gefühl, das ich gerade am dringendsten benötigte.

Ein Hochgefühl, wie ich es nur selten zuvor erlebt hatte. Der Anblick des Himmels war Balsam auf meine geschundene Seele und ich konnte plötzlich verstehen, warum sich so viele Kinder hier diesem widersinnigen Unterfangen hingaben. Dem Irrsinn dieser niemals endenden Flucht in andere Welten. In ein anderes Bewusstsein. Ich konnte sie verstehen. Diese Kinder waren wie ich selbst, nur hatten sie weit weniger Glück in ihrem Leben.

Nachdem mir jegliches Zeitgefühl abhanden gekommen war und ich nicht mit Sicherheit sagen konnte, ob ich zwischenzeitlich das Bewusstsein verloren hatte, hörte ich den Klingelton meines Telefons. Und es bleibt mir bis heute ein Rätsel, warum ich überhaupt darauf reagiert hatte.

»Hast du völlig den Verstand verloren, du verdammter Penner!?«, brüllte eine erregte Stimme am anderen

Ende der Leitung. »Du kannst von Glück reden, dass gerade tausend Kilometer zwischen uns liegen, sonst würde ich dich eigenhändig in dein Grab prügeln, du geisteskrankes Arschloch!«

»Entschuldigen Sie«, antwortete ich gelassen und stülpte erneut den Beutel um mein Sprechorgan. »Wer sind Sie?«

»Dein Boss! Kanelopolus hat gerade angerufen! Du solltest ein Interview führen und dich nicht auf meine Kosten zuballern, du verdammtes Stück Scheiße! Was sage ich denn jetzt seinen Eltern? Dass ich leider Gottes einem unfähigen Journalisten ein solches Interview anvertraut habe, weil ich dachte, jeder Vollidiot würde sowas hinbekommen!? Ich schwöre dir Schilling, wenn du mir nichts Brauchbares ablieferst, wirst du nie wieder für irgendjemanden auch nur einen Satz schreiben, weil ich dir alle zehn Finger mit einem Seitenschneider abtrennen werde, hast du mich verstanden?!«

Ich kann mich erinnern, die Worte verstanden zu haben. Vermutlich dem Lösungsmittel geschuldet, schenkte ich ihnen aber nur wenig Beachtung. Es hatte jegliches Empfinden aus meinem Geist gestohlen. Ich hörte nur zu. Nur die Klangfarbe seiner Stimme ließ erahnen, wie sehr er sich aufregte. Und irgendwie amüsierte mich die Vorstellung des tobenden Zeitungschefs. Er hatte die Kontrolle über einen seiner Berichter verloren; das trieb ihn zur Weißglut.

Ich weiß nicht, wie lange ich noch dort gesessen habe, ehe ich mich – mittlerweile völlig aus der Realität getreten – zurück ins Hotel kämpfte. Damian schien unwiderruflich verloren. Von Leonora keine Spur. Ich wollte mich verabschieden und mich bedanken für den letzten Abend. Zumindest wollte ich sie noch einmal sehen. Nur für einen Augenblick. Doch das Leben hatte andere Absichten.

Wieder im Royal Putnik eingetroffen, verbarrikadierte ich mich in meinem Zimmer. Ich schloss die Vorhänge und machte Musik an. Irgendwas von *The Doors*. Dann öffnete ich den Laptop. Setzte mich hin. Starrte ins Leere. Zog das Diktiergerät aus der Tasche und quälte mich abermals auf die Beine, um im Badezimmer das Wasser anzustellen. Das beruhigte mich. Hatte wohl etwas mit einer Kindheitserinnerung zu tun, die ich nur fühlte, aber nicht zuordnen konnte. Es transportierte meinen Geist an fremde Orte. Und jeder davon hielt mehr Zuversicht für mich bereit als dieses traurige Hotelzimmer, in dem noch immer das blutverschmierte Laken über das Bett gespannt war und mich permanent daran erinnerte, Damian so schnell wie möglich finden zu müssen. Angestrengt versuchte ich den Gedanken aus meinem Bewusstsein zu verdrängen. Atmete einige Male tief durch, legte meine Finger auf die Tastatur und schloss die Augen.

»This is the end, beautiful friend. This is the end,
my only friend. The end of our elaborate plans. The end of
ev'rything that stands. The end. No safety or surprise.
The end. I'll never look into your eyes again.«

– The Doors

2

WALTER KANELOPOLUS‘ WEG IN DIE VERDAMMNIS

Nichts ist schlimmer als aufgeben. Wer aufgibt, stirbt. Nur wer kämpft und Schmerzen ertragen kann, wird am Ende aufstehen, sich den Staub von den Schultern klopfen und die nächste Herausforderung suchen.

TRANSKRIPTION

»Was wollen Sie hören? Ich habe einen Fehler gemacht. So einfach ist das. Zur falschen Zeit am falschen Ort. Habe eine schlechte Entscheidung getroffen. Sowas passiert. In meinem Fall sind nur die Auswirkungen gravierender. Sie kennen ja die Geschichte.«

»Ich kenne nur die Geschichte aus den Zeitungen. Ich würde gerne Ihre hören.«

»Aber für die Menschen sind die Informationen aus der Zeitung ausreichend. Das wissen Sie genauso gut wie ich. Niemanden interessiert die Geschichte hinter der Geschichte. Die Menschen brauchen jemanden, auf den sie mit dem Finger zeigen können, damit es ihnen selbst besser geht ... aber gut; meinetwegen. Im Grunde hat alles mit meiner Arbeitslosigkeit begonnen. Die Firma, für die ich gearbeitet habe, ging bankrott und ich verlor meinen Job. Es gibt Schlimmeres, dachte ich mir und hatte geplant, einige Wochen Urlaub zu machen. Sie müssen wissen, ich war damals nicht die hellste Lampe im Leuchter. Nicht dumm oder so, aber ich hatte meinen Platz in der Welt noch nicht gefunden und das machte mir zu schaffen. Ich war mehr so der Mitläufer und verfügte nur begrenzt über eine eigene Meinung. Wie gesagt, ich war noch auf der Suche nach mir selbst. Demensprechend stellten mich oft Kleinigkeiten vor große Probleme. In gewisser Weise war ich noch ein Kind ...«

»Können Sie das näher erläutern?«

»Wissen Sie, ich war nie jemand, der gerne zur Arbeit gegangen war. Ich habe einen Beruf gelernt, für den ich ungeeigneter nicht hätte sein können. Dementsprechend wenig Freude hatte ich daran. Er war Mittel zum Zweck. So, wie das bei vielen anderen Menschen auch der Fall ist. Eigenartigerweise passierte nach den ersten drei Wochen Arbeitslosigkeit etwas, mit dem ich nicht gerechnet hatte. Mir wurde langweilig und ich wurde unzufrieden. Ich hatte keine Aufgabe. Das Leben, das mir aus diversen Gründen ohnehin nicht gerade große Freude bereitet hatte, wurde noch komplizierter.«

»Was war mit Ihrem Leben nicht in Ordnung?«

»Es war nichts Dramatisches. Nichts, das nicht jeder irgendwann einmal durchmacht. Ich hatte eine Freundin. Sie war meine Seelenverwandte. Wir waren glücklich, ganze zwei Jahre lang. Dann habe ich sie betrogen. Und dann war sie weg. Hat mir den Boden unter den Füßen weggerissen. Ich begann mich zu hassen. Flehte um eine zweite Chance, weil ich dachte, ich könnte ohne sie nicht leben. Doch ich bekam sie nicht. Sie war am Boden zerstört. Und dafür hasste ich mich noch mehr. Jeder Morgen, an dem ich aufwachte, fühlte sich so an, als wäre es einer zu viel. Wir telefonierten stundenlang, schrien uns an. Beschimpften uns. Es war grauenvoll. Und in letzter Konsequenz war es nur ein Sumpf aus Selbstmitleid, in dem ich mich zu lange gesuhlt hatte. Ich hatte das Gefühl, als hätte sich die ganze Welt gegen mich gestellt. Ich war ein Narr!«

»Hatten Sie noch andere Probleme?«

»Aus damaliger Sicht hatte ich ausschließlich Probleme. Mir war das Geld ausgegangen. Ab einem bestimmten Zeitpunkt war die Verdrängung die wichtigste Unternehmung eines jeden einzelnen Tages geworden. Und da kamen dann irgendwann die Drogen ins Spiel. Vor allem der Alkohol verschaffte mir Linderung. Ich soff mich durch den Tag. Am Ende richtete mich wohl mein Kokainkonsum zugrunde. Ich hatte es nicht unter Kontrolle. Und wie sich das auf den Geldbeutel auswirkt, können Sie sich vermutlich vorstellen. Ich war in eine Spirale hineingeraten und ich war dumm genug, nichts dagegen zu unternehmen.«

»Wären Sie in der Lage gewesen, etwas dagegen zu unternehmen?«

»Zumindest hätte ich mich meinen Problemen stellen können. Das wäre das Mindeste gewesen. Das hätte aber vorausgesetzt, mich mit mir selbst auseinanderzusetzen. Und dazu war ich offenbar nicht bereit. Ich hätte mir eingestehen müssen, dass ich den ganzen Schlamassel selbst zu verantworten hatte.«

»Und wieso sind Sie dazu jetzt in der Lage?«

»Weil es keine Alternative mehr gibt. Tiefer fallen, als ich gefallen bin, kann eigentlich niemand. Und dann macht es irgendwann keinen Sinn mehr, weiterhin die Schuld bei allen anderen zu suchen. Das Ende war erreicht. Jeder Ausweg versperrt. Es existierte einzig und allein der steinerne Weg durch den Schmerz hindurch. Und den bin ich in den vergangenen Monaten gegangen. Zum Glück. Aber am Ende bin ich noch nicht.«

»Würden Sie mir bitte schildern, wie es zu dem Deal, zwanzig Kilo Gras zu schmuggeln, gekommen ist?«

»Eines Nachts – ich war gerade auf dem Weg von einer flüchtigen Bekanntschaft nach Hause – ging ich die Straße hinauf in Richtung meiner Wohnung in der Innenstadt, als mich ein Typ, den ich noch nie zuvor gesehen hatte, um eine Zigarette bat. Ein Südländer mit unzähligen Tätowierungen überall. Ich hatte von Anfang an ein komisches Gefühl. Die Art und Weise, wie er mit mir sprach; als würden wir uns seit ewigen Zeiten kennen. Er meinte, dass er mich schon oft gesehen hätte und dass ich einer von den *Guten* sei, was auch immer das bedeuten mochte. Er schenkte mir ein paar Gramm Gras und lud mich zu sich in die Wohnung ein. Dumm wie ich war, ging ich mit, obwohl sich das schlechte Gefühl in der Magengrube deutlich bemerkbar machte. Aber ich ignorierte es. Dort kam es dann zu meinem ersten Kontakt mit Kokain. Er hatte bestimmt zwei Kilo davon gelagert. Das beeindruckte mich. Und als er mir erzählte, wie viel das Zeug wert sei, war ich noch mehr beeindruckt. ›Das Geld liegt auf der Straße‹, war einer seiner Lieblingssprüche, und dass man nur zugreifen müsse. Außerdem wäre ein Leben ohne Geld mit einem Leben im Gefängnis gleichzusetzen. Nur ohne Gitterstäbe. Den Vergleich fand ich damals überaus passend. Mittlerweile eher weniger. Er gab mir dann auch noch was von dem Pulver ab. Zwei

Stunden später ging ich nach Hause. Das war sozusagen der erste Kontakt.«

»Sie haben sich dann aber regelmäßig getroffen?«

»Ja, er hat sich fast jeden Tag gemeldet. Und weil schließlich alle meine Freunde einer geregelten Arbeit nachgingen, verbrachte ich meine Zeit immer häufiger mit Sahid. Er hatte keinen Wagen und so kutschierte ich ihn in der Gegend herum. Dafür gab er mir regelmäßig was von seinem Zeug ab.«

»Wie viel haben Sie davon konsumiert?«

»Das mit dem Koks ging schnell. Nach der ersten Woche konnte ich die Finger nicht mehr davon lassen. Also kaufte ich es fortan von Sahid, was meinem Geldbeutel zusätzlich massiven Schaden zufügte. An meinem seelischen Zustand hatte sich nach wie vor nichts geändert. Die Drogen linderten lediglich die Symptome. Zumindest bis zum nächsten Morgen.«

»Wie meinen Sie das?«

»Jemand wie ich begeht eine solche Tat nicht ohne Grund. Ich bin kein Verbrecher und würde diesen Schritt heute als Akt der Verzweiflung bezeichnen. Ich hatte keine Freude mehr an meinem Leben. Und das machte sich ab einem bestimmten Zeitpunkt vor allem morgens, direkt nach dem Aufwachen bemerkbar. Wenn der Großteil der Drogen aus dem Körper gewichen war und die Nüchternheit um sich schlug wie die Böen eines Tropensturms. Es war schrecklich. Der Morgen hielt mir den Spiegel vors Gesicht. Er ließ mich die Realität sehen, die ich tagsüber so sehr bekämpfte.

Er zeigte mir, wie tief ich schon damals gefallen war. Man kann sich das vermutlich nicht vorstellen, wenn man selbst nie in einer solchen Situation gewesen ist, aber es kam eine Zeit, in der ich jeden Morgen den tiefen Wunsch verspürte, zu sterben. Egal, wo ich hinsah, ich sah mein Leben in tausend Scherben zersplittert. Ich sah meine Freundin, die nicht mehr da war. Ich sah das Geld, das nicht da war und ich sah keine Perspektive. Ich hatte keine Ahnung, in welche Richtung ich mich beruflich verändern sollte. Als Techniker wollte ich nicht mehr arbeiten. Das war das einzige, das ich wusste. Mir fehlten Antworten und mir fehlte der objektive Blick. Ich betrachtete mein Leben aus einem einzigen Blickwinkel und der verursachte so schmerzhafte Depressionen, dass ich gar nicht anders konnte, als die Tage mit einem Glas Wodka zu beginnen oder mit einer Line Kokain. Oder mit beidem. Ich konnte das Leben und mich selbst anders nicht mehr ertragen.

»Warum haben Sie sich niemandem anvertraut? Sie hatten doch Freunde.«

»Wer im Wahnsinn gefangen ist, entwickelt oft eigenartige Denkweisen. Ich schaffte es nicht einmal, mir selbst mein Versagen einzugestehen. Wie sollte ich es dann vor meiner Familie oder vor meinen Freunden tun? Das Schlimmste für mich war zuzugeben, am Ende zu sein. Allein der Gedanke daran machte mich wahnsinnig. Und so blieb mir nur der regelmäßige Griff zum Stoff, um die Tage zu überstehen.«

»Hatten Sie noch Hoffnung, in irgendeine Richtung?«

»Die einzige Hoffnung, die ich hatte, war Sahid.«

»Hat er Ihnen Geld geliehen?«

»Nein, er hatte ja selbst keins. Aber er kam eines Tages mit diesem Angebot daher. ›Viel Geld in kurzer Zeit‹, hatte er gesagt. Und das klingelte natürlich in meinen Ohren wie die Weihnachtsglocken.«

»Wie genau hat sich das zugetragen?«

»Er stand, wie so oft, eines Tages vor meiner Tür und war ganz aufgeregt. ›Hör zu‹, hat er gesagt. ›Ich habe einen Deal ausgehandelt. Einen Deal über zwanzig Kilo Gras. Aber ich brauche deine Hilfe.‹ Zwanzig Kilo Gras, dachte ich. Das wären im Optimalfall zwischen fünfzig- und achtzigtausend Euro für jeden. Damit hätte ich schon ein bisschen was anfangen können. Das Schlimme dabei ist ja, dass ich wirklich geglaubt habe, das Geld würde alle meine Probleme lösen – den Schmerz wegen meiner Freundin und den Schmerz wegen der Perspektivlosigkeit und weil ich mich in Wahrheit selbst nicht leiden konnte. Ich sah also in diesem Deal die Lösung für all meine Probleme. Das änderte sich erst, als Sahid so nebenbei erwähnte, dass ich derjenige sein müsse, der das Zeug aus dem Balkan abholt. Weil ich doch so jung und unschuldig aussehen würde – nie und nimmer könnte jemand Verdacht schöpfen. Doch ich stimmte zu. Was hatte ich schon zu verlieren? Ich war vollgepumpt bis unter die Schädeldecke. Natürlich würde ich das Zeug holen.«

»Wie haben Sie sich darauf vorbereitet?«

»Nicht im Geringsten.«

»Wie meinen Sie das?«

»Wie ich es gesagt habe. Ich habe nicht mehr darüber nachgedacht. Ich sah in der Unternehmung einzig und allein die Lösung meiner Probleme und wartete auf den Tag, an dem es so weit sein würde. Es war nur immer der Morgen, der mir zeigte, wie geisteskrank ich war. Können Sie sich vorstellen, Sie wachen morgens auf und das erste, das ihnen einfällt, ist der Gedanke daran, irgendwann in den nächsten Wochen in den Kosovo fahren zu müssen, um zwanzig Kilo Gras abzuholen? Sie denken daran, was passiert, wenn Sie erwischt werden. Sie denken an Ihre Familie und an Ihre Freunde, die Sie vielleicht im Gefängnis besuchen müssen. Sie denken an die Reise selbst. An mögliche involvierte Personen. An die Mafia. An die fehlende Möglichkeit, einen Rückzieher zu machen. Sie denken daran, welche Geschichte Sie Ihren Leuten erzählen, damit die keinen Verdacht schöpfen und sich nicht fragen, warum Sie plötzlich einige Tage nicht erreichbar sind, obwohl Sie wegen der Arbeitslosigkeit eigentlich das Land nicht verlassen dürfen. Sie denken an Ihre Exfreundin, die Sie nach wie vor lieben und Sie hoffen, dass sie Ihnen irgendwann verzeiht. Sie haben Angst, sie vielleicht nie mehr wieder zu sehen. Das fahle Gefühl in der Magengrube verwandelt sich innerhalb weniger Sekunden in einen stechenden Krampf. Dann kotzen Sie auf den Fußboden. Ihr Herz rast. Die Angst hält Sie fest umschlungen. Sie erkennen, was Sie innerhalb weniger Wochen aus Ihrem Leben gemacht haben. Wie Sie es mit voller Wucht an die Wand gefahren haben. Ohne Ausweg. In den Händen eines Kriminellen gefangen. Und während all dieser Gedanken, als Sie sich ein zweites Mal übergeben, und der Schmerz in Ihrem Kopf kaum noch zu ertragen ist, freuen Sie sich über jede Möglichkeit der Ablenkung. Sie lieben sie geradezu und Sie nutzen sie aus bis aufs Letzte. Sie ziehen sich das Koks in die Nase und saufen eine halbe Flasche Rum leer. Denn dann weicht der Schmerz zurück. Die Gedanken beruhigen sich und es macht den Anschein, als würden Sie einen klaren Kopf bekommen. Plötzlich können Sie sich wieder fokussieren. Sie fühlen sich besser. Und genauso verbringen Sie Ihre Tage. Sie führen sich in bestimmten Abständen diverse Substanzen zu, um den Tag zu überstehen. Da bleibt keine Zeit, um irgendetwas zu planen. Erst als der Tag gekommen war, realisierte ich die ganze Tragweite der Unternehmung.«

»Weil Sie nüchtern bleiben mussten?«

»Ganz genau. Sahid kam vorbei und sagte: ›In einer Woche ist es so weit.‹ Für mich bedeutete das so viel wie: In einer Woche gehören meine Probleme der Vergangenheit an. Als dann der Tag gekommen war, wollte ich sterben. Sie können sich nicht vorstellen, wie ich mich an besagtem Morgen gefühlt habe. Ich war am Ende. Ich hatte sogar kurz überlegt, meinen Wagen von der Straße abkommen zu lassen. Dem gegenüber stand das Geld, das ich benötigte, um mein Leben wieder in die richtigen Bahnen zu lenken sowie das Risiko, vielleicht um die Ecke gebracht zu werden, wenn ich den bereits organisierten Deal nicht durchziehe. Ich konnte keinen klaren Gedanken fassen. Also machte ich mich auf den Weg.«

»Warum haben Sie nicht die kürzere Strecke über Ungarn genommen?«

»Weil ich nicht einmal wusste, wo genau sich der Kosovo geografisch befand. Von dort sollte ich das Zeug abholen. Ich hatte mich nicht auf diese Reise vorbereitet. Kein bisschen. Ich kaufte eine Straßenkarte an einer Tankstelle und fuhr einfach los. Man kann sich das als Außenstehender nicht vorstellen. Ich war verzweifelt. Ich hatte Angst und ich hatte mich in eine Sackgasse manövriert. Es gab kein Zurück. Und irgendwo ganz tief in meinem Inneren wusste ich, dass das nicht gut ausgehen würde. Und dennoch musste ich los.«

»Und dann waren Sie zwei Tage unterwegs?«

»Ja, ich übernachtete irgendwo in Bosnien, weil ich zu blöd war, eine Straßenkarte richtig zu lesen. Irgendwo im Kosovo kontaktierte ich den Mittelsmann. An einer Tankstelle, weil mein Handy im Ausland nicht funktionierte. Er kam und ich folgte ihm in ein kleines Dorf, dessen Namen ich vergessen habe. Der steht irgendwo in der Anklageschrift. Er brachte mich in eine Pension und dort wartete ich erstmal einige Stunden.«

»Fühlten Sie sich zu diesem Zeitpunkt besser? Weil Sie die Hälfte der Reise hinter sich gebracht hatten?«

»Nein, im Gegenteil. Mit jeder weiteren Minute fragte mich die Stimme in meinem Kopf noch lauter, wie man so bescheuert sein kann, sich auf so etwas einzulassen. Ich konnte keine Minute ruhig sitzen. Ich lief im Zimmer auf und ab. Wartete. Auch schlafen konnte ich nicht. Mein Körper war erschöpft, aber mein Kopf ließ ihm keine Ruhe. Ich wollte das alles so schnell wie möglich hinter mich bringen. Gleichzeitig schnürte mir der Gedanke an den Rückweg die Kehle zu. Irgendwann kam der Kontaktmann zurück. Wir gingen in ein Restaurant, wo er mir den Ablauf erklärte. Er gab mir was zu rauchen, damit ich wenigstens ein paar Stunden schlafen konnte. Und das tat ich dann auch.«

»Haben Sie überlegt, mit ihm über die Möglichkeit zu sprechen, den Deal abzublasen?«

»Ich hatte die ganze Fahrt über mit dem Gedanken gespielt. Aber ich wusste ja nicht, wer oder was mich erwartet. Da hatte sich das Gedankenspiel dann schnell erübrigt, als ich schließlich, mit einem Tag Verspätung, im Kosovo angekommen war und mir der Kontaktmann durch die Blume zu verstehen gab, dass er bereits über Maßnahmen nachgedacht hätte, mich ausfindig machen zu lassen. ›Ich habe schon Erfahrungen mit Leuten gemacht, die plötzlich kalte Füße bekommen haben und den Deal abblasen wollten. Meine Argumente waren aber immer überzeugend genug, um sie wieder zur Vernunft zu bringen‹, hat er gesagt. Ich habe mir die Frage danach also verkniffen.«

»Wie ging es dann weiter?«

»In einer Nacht- und Nebelaktion hat er mich abgeholt und mich zu einer Garage gefahren, wo wir das Gras im Wagen verbaut haben. Als ich die Menge gesehen habe, traf mich beinahe der Schlag. Ich hatte keine

Ahnung davon, wie viel zwanzig Kilo tatsächlich sind; jedes Kilo war auf Ziegelsteingröße zusammengepresst. Über mindestens fünf Stunden hinweg haben wir die Pakete in der hinteren Stoßstange und in den vorderen Türen verbaut. Mein Puls bewegte sich währenddessen durchschnittlich im 130er-Bereich. Ich wollte einfach hier weg. Ich wollte nach Hause.«

»Wann sind Sie losgefahren?«

»Erst am übernächsten Tag. Mein Kontaktmann meinte, dass jemand Verdacht schöpfen könnte, wenn ich noch am selben Tag zurückfahren würde. Also blieb ich noch eine Nacht, in der ich meinen Gedanken ausgeliefert war. Allein diese drei Tage haben mir wahrscheinlich fünf Jahre meines Lebens gekostet. Es war der pure Ausnahmezustand. Und ich wusste, dass etwas passieren würde. Ich hatte noch nicht gelernt, auf mein Bauchgefühl zu achten. Am nächsten Morgen machte ich mich dann auf den Weg. Mein Kontaktmann brachte mich aus dem Dorf und auf den richtigen Weg in Richtung Grenze. Nach ungefähr 45 Minuten kam ich an den ersten Grenzübergang auf kosovarischer Seite. Es war nicht viel los. Aber mein Herz raste. Ich versuchte ruhig zu bleiben; mir nichts anmerken zu lassen. Und dennoch tropfte der Schweiß von meiner Stirn. Als ich direkt neben dem kleinen Häuschen zu stehen kam, schaute mich ein älterer Herr freundlich an und bat um meinen Pass. Ich händigte ihn aus und rechnete mit dem Schlimmsten. Am liebsten wäre ich aus dem Wagen gesprungen und hätte dem Grenzpolizisten meine Lieferung übergeben. Der Alte begutachtete für einige Sekunden meine Passeinträge und schleuderte einen Stempel auf eine der Seiten. ›Schönen Tag noch‹, sagte er. Und ich fuhr weiter. Natürlich war mir bewusst, dass der zweite Grenzübergang in einigen Metern Entfernung noch auf mich warten würde, doch fühlte ich das erste Mal seit einer ganzen Weile so etwas wie Hoffnung. Der Typ hatte nicht das geringste Interesse an meinem Wagen. Er hatte mich noch nicht einmal gefragt, ob ich etwas zu verzollen hätte. Mein Herzschlag beruhigte sich etwas. Nach weiteren fünf Minuten zog er wieder an. Grenzübergang Nummer zwei lag vor mir. Ich versuchte einige Male tief durchzuatmen und beobachtete das Prozedere aus der Ferne. Jeder Wagen vor mir hielt an, die Grenzpolizisten schauten in den Kofferraum und gaben den Weg frei. Auch das gab mir Hoffnung. Ging vielleicht doch alles viel einfacher, als ich mir das ausgemalt hatte? Ich versuchte mir einzureden, dass mich Sahid niemals in eine gefährliche Situation bringen würde und klammerte mich an diesen verführerischen Gedanken. Als die Grenzpolizisten den letzten Wagen vor mir abgefertigt hatten, versuchte ich zu lächeln. Es muss ziemlich festgefroren gewesen sein, so wie mich die Kollegen angeschaut haben. Ich zeigte ihnen meinen Pass. Und das war's dann auch. Ich musste weder aussteigen noch den Kofferraum öffnen. Ich musste rechts ranfahren und den Motor abstellen. Es war das Ende. Und dessen war ich mir völlig bewusst.«

»Sie haben gewusst, dass Sie verhaftet werden?«

»Ja. Nach einigen obligatorischen Fragen, wie über den Grund meines Besuches, fragte mich einer der Polizisten – mittlerweile hatten sich vier von ihnen um mich geschart – ,wo ich die Drogen versteckt hätte. Ich tat zunächst so, als wüsste ich nicht, wovon er redete und sah dann dabei zu, wie sie den Wagen untersuchten.«

»Was ging Ihnen dabei durch den Kopf?«

»Nicht mehr viel. Kurz dachte ich, sie würden nichts finden, weil sie so unbeholfen an manchen Teilen des Wagens herumhantierten. Doch dann, irgendwann nach einer halben Stunde, hatte einer der Beamten ein Klebeband unterhalb der Stoßstange entdeckt. Kurz darauf hielt er das erste Paket in den Händen. ›Jackpot‹, hat er gesagt. Dann legte mir einer von ihnen Handschellen an, was wohl das schlimmste Gefühl gewesen war, das ich jemals verspürt hatte. Dicht gefolgt vom schönsten Gefühl, dass ich bis dahin verspürt hatte.«

»Schöne Gefühle? Bei Ihrer Verhaftung?«

»Es war vielleicht nicht schön. Aber ich kann mich an einen kurzen Moment erinnern, ein Augenblick nur, in dem mich die Gewissheit überkam, nicht tiefer fallen zu können. Ab diesem Zeitpunkt konnte es nur noch aufwärts gehen. Das Versteckspiel hatte ein Ende. Die Karten lagen auf dem Tisch. Es war vorbei. Das Gefühl dauerte nicht lange an, aber es war stark genug, um mich auch jetzt noch deutlich daran erinnern zu können.«

»Dann wurden Sie abgeführt?«

»Abgeführt wurde ich circa sechs Stunden später. So lange haben die Herren benötigt, um das Gras aus dem Wagen zu befreien. Ich saß also sechs Stunden lang mit den Händen hinter dem Rücken auf einem Stuhl. Direkt vor dem Grenzhäuschen. Ich war die Attraktion für die vorbeifahrenden Urlauber. Ein äußerst unangenehmes Gefühl, kann ich Ihnen sagen. Einer der Polizisten versuchte mir unentwegt zu sagen, dass ich mit mindestens neun Jahren Gefängnis rechnen müsse. Aber selbst das prallte an mir ab wie ein Gummiball. Nach sechs Stunden war ich nicht mehr dazu in der Lage, irgendetwas aufzunehmen. Dabei fing alles erst an. Zunächst brachten sie mich in die nächstgelegene Polizeistation. Es war bereits mitten in der Nacht und so ziemlich alle diensthabenden Polizisten waren besoffen. Einer von ihnen brüllte stundenlang auf mich ein. Ich solle die Wahrheit sagen und die Auftraggeber preisgeben. Ich sagte nichts. Eigentlich dachte ich an gar nichts. Ich war nicht mehr dazu in der Lage zu denken. Ich war zu lange wach. Einer von ihnen drohte mir Prügel an. Ich kann mich noch daran erinnern so etwas gesagt zu haben wie: ›Schlagen Sie ruhig zu. Dann sind Sie morgen Ihren Job los, wenn ich die Botschaft darüber informiert habe.‹ Mir war ab einem bestimmten Zeitpunkt alles egal. Man behandelte mich wie einen Schwerverbrecher und das konnte ich nicht verstehen. Ich sah die Situation ausschließlich aus meinen Augen. Aus meinem begrenzten Blickwinkel. Doch sollte ich die Fragerunde noch viele weitere Stunden über mich ergehen lassen. Irgendwann schlief ich ein. Bis mich einer der Polizisten mit einem kräftigen Schlag auf die Tischplatte weckte. Ich befand mich in einer Art Delirium. Auch der Drogen- und Alkoholentzug machte mir zu schaffen. Ich hatte jeglichen Willen verloren und das Einzige, was ich wollte, war zu schlafen. Zunächst musste ich aber noch ins Gefängnis verbracht werden.«

»Hat man Sie dort besser behandelt?«

»So wirklich schlecht behandelt haben mich nur die Polizisten. Die Gefängniswärter waren in Ordnung. Sie nahmen mir meine Besitztümer ab. Ich musste mich kurz ausziehen, einige Formulare unterschreiben und dann haben sie mich in eine der Zellen geführt. Es war ungefähr sechs Uhr morgens.«

»Man hat Sie bisher generell nicht schlecht behandelt?«

»Nein. Ich teilte meine Zelle zunächst mit einem Türken und zwei Albanern. Die sprachen alle Deutsch. Vor einigen Wochen musste ich in eine andere Zelle wechseln. Dort hausen fünfzehn Häftlinge. Serben, Albaner, Zigeuner ... aber ich habe keine Probleme mit ihnen. Die Zustände sind katastrophal, aber die Menschen sind in Ordnung. Wir haben uns strukturiert und versuchen, das Beste aus der Situation zu machen.«

»Sie haben sich also mit Ihrer Strafe abgefunden?«

»Nein! Ich habe mich mit einer Strafe und mit meiner aktuellen Situation abgefunden. Mit der Höhe der Strafe natürlich nicht. Acht Jahre! Ich habe niemanden umgebracht. Aber ich bin guter Dinge, dass sich das noch ändert. Ich glaube nicht, dass es bei diesem

Strafmaß bleiben wird. Zumindest redet Sreten ständig davon.«

»Haben Sie eigentlich ein schlechtes Gewissen?«

»Warum?«

»Weil vermutlich auch Jugendliche zu Ihren Abnehmern gezählt hätten?«

»Nächste Frage bitte.«

»Wie bitte ...?«

»Die Frage ist heuchlerisch, finden Sie nicht?«

»Ich verstehe nicht ...«

»Sie haben Ihren Job bis jetzt ganz gut gemacht. Versauen Sie das nicht mit solchen Fragen. Es ist mir bewusst, dass ich einen Fehler gemacht habe und ich bin nicht stolz darauf. Ich werde hoffentlich eine angemessene Strafe dafür bekommen, die ich verbüßen werde. Aber jetzt mit dem Finger auf mich zu zeigen und zu sagen, ich sei der Teufel, weil ich dazu beigetragen hätte – wäre das Vorhaben geglückt –, Jugendlichen zu Gras zu verhelfen, während wir unseren Kindern jeden Tag vorleben, wie bedenkenlos es offenbar ist, Unmengen an Alkohol in uns hineinzuschütten, finde ich ehrlich gesagt etwas sonderbar. In einem Land, in dem es völlig in Ordnung und legal ist, als 16-Jähriger harten Alkohol zu kaufen. Jedem Zwölfjährigen ist es möglich, an Bier, Wein oder was auch immer zu kommen. Der Alkohol wird in der Fernsehwerbung verherrlicht und gleichzeitig wundern wir uns darüber, wieviel Geld dem Staat die Folgen langjährigem Alkoholkonsums kosten. Wir leben es unseren Kindern tagtäglich vor. Wir leben ihnen vor, dass es normal ist, Alkohol zu trinken. Wir verkaufen ihn an sie. Wir schlagen Profit daraus und niemand stört sich daran. Der Alkohol hat in unserem Land eben Tradition. Finden Sie das normal? Verstehen Sie mich nicht falsch – ich möchte meine Tat nicht beschwichtigen, aber ich finde es genauso falsch, das eine gutzuheißen und das andere zu verteufeln. Hier stimmen die Relationen nicht und niemand spricht darüber.«

»Wie ist Ihre Meinung über Drogen generell?«

»Ich denke, jedes Volk hat so seine Rauschmittel. Bei uns ist es der Alkohol. Früher war es Kokain in Tablettenform, Opium in China und halluzinogene Pilze und Wurzeln in Südamerika. Ich glaube, dass die Menschen den Rausch brauchen. Schauen Sie hundert Jahre zurück. Jeder, der Geld hatte und etwas auf sich gehalten hat, konsumierte Drogen. Sigmund Freud. Selbst Sissi, die Kaiserin erfreute sich am Kokain. Kindern hat man es verabreicht und ich meine damit nicht, dass ich so etwas unterstütze. Ich bin der Meinung, dass Drogen in gewisser Weise ihre Berechtigung haben in dieser Welt. Es kommt immer darauf an, warum wir sie konsumieren. Wenn Sie mich fragen, gehören die meisten von ihnen frei zugänglich gemacht. Aber diese Diskussion würde den Rahmen sprengen. Grundsätzlich bin ich der Auffassung, dass ein bisschen Gras noch niemandem geschadet hat, wobei es natürlich darauf ankommt, wie alt man dabei ist und aus welchen Gründen man es konsumiert. Genauso wie bei allen anderen Dingen auch.«

»Und das sagen Sie, obwohl Sie wissen, was die Drogen mit Ihnen gemacht haben?«

»Ich weiß, warum ich sie konsumiert habe. Drogen zu nehmen – ganz egal, ob Alkohol oder andere –, weil man Probleme ausblenden oder verdrängen möchte, ist immer der falsche Beweggrund. Man kann die Menschen nicht vor allem beschützen. Am wenigsten vor sich selbst. Aber das ist das Leben. Wenn ich es nicht vertrage, am Abend drei Bier zu trinken, dann sollte ich es lassen. Und so verhält es sich auch mit allem anderen. Wenn es mir guttut, nach einem langen Arbeitstag einen Joint zu rauchen, warum sollte ich es nicht tun? Würden wir die Menschen besser aufklären, anstelle Angst und Panik zu verbreiten, dann würden die Menschen einen ganz anderen Zugang zu dem Thema bekommen. Und genau das ist der Punkt. Es sind immer genau diejenigen, die sich am wenigsten mit dem Thema Drogen auseinandersetzen, die am lautesten schreien und mit dem Finger auf andere zeigen. Die meisten Menschen haben keine Ahnung von Drogen. Dank der recht eindeutigen Berichterstattung haben sie aber eine unumstößliche Meinung dazu. Was sagen Sie da als Fachmann?«

»Ich bin kein Fachmann. Der Fachmann sitzt neben mir, aber offensichtlich hat er vorübergehend vergessen, wie man redet. Nachdem ich ihn aber immer wieder auf diversen Reisen begleite, denke ich, dass Sie recht haben. Sehen Sie sich ihn an. Sie möchten nicht wissen, was der sich die letzten Tage über so eingeworfen hat. Wir befinden uns mitten in einem Experiment. Wie war nochmal die Frage?«

»Vergessen Sie's. Haben Sie noch eine?«

»Unbedingt. Sie machen mir doch einen recht klaren Eindruck. Vorhin haben Sie gesagt, dass Sie keine andere Möglichkeit hatten, als sich der Realität zu stellen. Wie haben Sie das geschafft? Es gibt bestimmt genügend Gründe, das Vorhaben hinauszuschieben oder sich anderweitig zu beschäftigen.«

»Ich habe bereits in den ersten Wochen unzählige Häftlinge gesehen – vor allem ausländische –, die innerhalb weniger Tage zu einem Schatten ihrer selbst geworden waren. Sie haben sich mit Medikamenten vollgepumpt. Die bekommt man im Knast leichter als draußen. Der Gefängnisarzt gibt einem alles. Es wäre natürlich eine Möglichkeit gewesen, die Realität mit Hilfe allerlei Pillen auszublenden. Allerdings darf man sich dann nicht erwarten, dass man das unbeschadet übersteht. Ein Blick in die Augen derer, die das seit einigen Wochen praktizieren, gibt eindeutig Antwort auf die Frage, ob man sich dieser Möglichkeit hingeben sollte oder nicht. Ich persönlich habe meine Probleme lange genug verdrängt. Und Sie sehen ja, wo mich das hingebracht hat. Ungeachtet dessen bin ich es meiner Familie und meinen Freunden schuldig. Jedem einzelnen habe ich unsagbare Schmerzen zugefügt. Ich habe sie alle belogen und ihr Vertrauen missbraucht. Und ich möchte nicht mit meiner Mutter tauschen. Es ist die Hölle für sie. Niemand hätte so etwas von mir erwartet. Außerdem – und das ist vielleicht die wichtigste Erkenntnis der vergangenen Monate – kommt es nur darauf an, aus welchem Blickwinkel man bestimmte Lebenssituationen betrachtet. Es gibt immer auch einen anderen Weg; eine positive Seite, wenn man so will. Und die ist in meinem Fall die Möglichkeit, Ordnung in mein Leben zu bringen. Denn das ist auch von hier drinnen aus möglich. Der wichtigste Punkt war zunächst das Eingeständnis, die Schuld für alles zu tragen, das mir passiert ist und in weiterer Folge zu hinterfragen, warum. Und das ist nicht leicht. Dieser Vorgang erfordert Ehrlichkeit sich selbst gegenüber. Und das tut weh. Wer will sich schon sein Versagen eingestehen? Die Einsicht bringt einen aber irgendwann an einen Punkt, an dem man nach vorne blicken muss. Wenn man mit sich selbst reinen Tisch gemacht hat. Dann kann man sich daran machen, an der Zukunft zu arbeiten. Ich habe viel geschrieben in den letzten Wochen. Es half mir dabei, Dinge zu verarbeiten und einen Plan zu machen. Das Wichtigste ist, dem Stillstand zu entgehen. Man muss immer was tun. Für Körper und Geist. Auch wenn die Möglichkeiten beschränkt sind, ist vieles möglich, wenn man will.«

»Haben Ihnen Freunde den Rücken gekehrt?«

»Das kann ich nicht sagen. Ich hatte nie viele Freunde. Aber die, die ich hatte, waren echte. Und die sind immer noch da. Sie glauben gar nicht, wie oft ich Besuch bekomme. Es ist wirklich beeindruckend. Und genau das gibt mir mitunter die meiste Kraft, auch an schlechten Tagen den Mut nicht zu verlieren. Zu wissen, dass diese Menschen immer noch da sind, an mich glauben und für mich kämpfen, macht es für mich hier um vieles leichter. Es bereitet mir ein gutes Gefühl, das mich unterschwellig auf Schritt und Tritt begleitet, auch wenn ich nicht immer Notiz davon nehme.«

»Haben Sie Angst vor Ihrer Rückkehr? Sie leben in einer Kleinstadt; da kennt man sich.«

»So weit denke ich nicht voraus. Wenn das Urteil so bleibt, wie es ist, brauche ich mich mit dieser Angst im Augenblick nicht beschäftigen. Aber natürlich wird es eigenartig. Wobei ich glaube, dass es für mich weniger eigenartig sein wird als für die anderen Menschen in dieser Stadt. Viele von ihnen werden nicht wissen, wie sie mit der Sache umgehen sollen. Wie sie mit mir umgehen sollen. Aber das ist normal. Wie gesagt, darüber mache ich mir keine Gedanken. Alles zu seiner Zeit.«

»Wir haben Sreten kennengelernt. Fühlen Sie sich gut vertreten?«

»Das ist wirklich schwer zu sagen. Ich traue hier grundsätzlich niemandem. Sreten ist bestimmt mit Vorsicht zu genießen. Aber ich denke, im Großen und Ganzen ist er in Ordnung. Bestimmt kassiert er mehr Geld, als ihm zusteht. Wenn allerdings seine Prognose von ›nicht mehr als fünf‹ und seine eigene Vorhersage von ›drei Jahren‹ so eintritt, dann ist das für mich in Ordnung. Ich gehe davon aus, dass ich nach meinem rechtskräftigen Urteil nach Österreich überstellt werde. Und dann werden wir sehen, welche Möglichkeiten es dort gibt.«

»Eine letzte Frage. Weil es so viele Menschen zu interessieren scheint.«

»Gab es sexuelle Übergriffe?«

»Lustig, dass Sie das fragen. Ich hatte nicht eine Sekunde daran gedacht, bis mir mein Zellengenosse eines Tages sagte: ›Zumindest musst du dir hier keine Sorgen machen, vergewaltigt zu werden.‹ Das ist vielleicht der einzige Vorteil, in einem Land wie Serbien inhaftiert zu sein. Die Menschen hier sind hochgradig homophob. Also nein. Ich habe volle Kontrolle über mein Hinterteil.«

»Vielen Dank, Herr Kanelopolus.«

»Einen Moment noch. Um eines muss ich Sie bitten. Ihr Kollege scheint zu nichts zu gebrauchen zu sein. Bitte liefern Sie diesen Brief bei meiner Mutter ab. Ich kann ihn nicht auf offiziellem Weg absenden, weil ihn Gerichtsmitarbeiter lesen. Es steht zwar nichts Rechtswidriges darin, dennoch will ich meine Privatangelegenheiten nicht mit fremden Menschen teilen.«

»Alles klar, kein Problem.«

»Und noch was. Die Polizei hat meinen Wagen beschlagnahmt und aus irgendwelchen Gründen ist es meiner Mutter nicht möglich, ihn abzumelden. Sie zahlt weiterhin jeden Monat die Versicherung. Sie beziehungsweise Ihr Kollege sind Journalisten – vielleicht haben Sie eine Möglichkeit herauszufinden, ob es machbar ist, den Wagen abzumelden. Angeblich fährt die Polizei regelmäßig damit herum. Hat mir einer der Häftlinge erzählt.«

»Ich werde sehen, was ich tun kann. Was fahren Sie für einen?«

»Einen schwarzen Seat Ibiza. Ich danke Ihnen. Auf Wiedersehen.«

»Alles Gute weiterhin.«

3

EIN WETTLAUF GEGEN DIE ZEIT

Wo die eigene Wahrheit endet, fängt die eines anderen an. Objektiv daran ist einzig und allein der Versuch, die eigene Wahrheit in ein Korsett zu pressen, das jedem passt, in dem sich aber niemand wohlfühlt.

VIELE GEDANKEN

Ich konnte es nicht fassen und benötigte eine Weile, um zu realisieren, was genau da geschehen war. Damian war tatsächlich zu etwas nütze, dachte ich. In der größten Not stets zur Stelle. Deshalb hatte ich ihn mitgebracht. Unter anderem. Er war mir genau in dem Moment zur Seite gesprungen, in dem ich ihn am meisten gebraucht hatte. Die subjektive Wahrnehmung war nun auf zwei voneinander unabhängige subjektive Wahrnehmungen angewachsen, was der Objektivität zusätzlich die Kraft entzog. Ich war erstaunt. Allerdings wusste ich noch immer nicht, wo sich Damian aufhielt. Ich konnte ohne ihn das Land nicht verlassen. Er hatte Walters Brief bei sich.

Als ich so dasaß, eine Zigarette anzündete und mir ein Glas Whiskey einschenkte, bemerkte ich, dass ich mich innerhalb der vergangenen vier Stunden beinahe nüchtern geschrieben hatte. Ein ungewöhnliches Gefühl. So klar wollte ich die Welt um mich herum im Augenblick gar nicht sehen. Es war zu viel passiert, um das alles ohne den schützenden Panzer eines Meskalin-Rausches unbeschadet zu überstehen. Hastig schenkte ich mir Whiskey nach.

Walters klare Sicht auf die widrigsten Umstände seines bisherigen Lebens beeindruckte mich auf so vielen Ebenen. Gleiches galt für seine Einstellung. In einem (serbischen) Gefängnis ein unfassbarer Kraftakt, sich das anzueignen. Aber was wusste ich schon. Ich musste mir noch nie irgendetwas aneignen, um meine Situation zu verbessern. Ich kannte meine Talente und nutzte sie. Alles kam irgendwie so auf mich zu. Unverhofft und stets im besten Augenblick. Eine glückliche Fügung, die einen dauerhaft nicht glücklich macht. Und mich am allerwenigsten.

Walters Totalzusammenbruch bescherte mir eine unkontrollierbare Gedankenflut und ich begann langsam daran zu glauben, dass wir alle einmal im Leben ein derartiges Desaster erfahren müssen. Einen Frontalzusammenstoß des eigenen Lebens mit einer Wand. Um das eigene Dahinstolpern zu hinterfragen und um glücklich zu werden. In meinem Fall wäre es vermutlich ausreichend gewesen, etwas sparsamer mit dem Pulver, den Pillen und dem Gras umzugehen. Doch war der Gedanke zu beängstigend, um ihn tatsächlich in die Tat umzusetzen.

Je länger ich darüber nachdachte, desto mehr wuchs die Gewissheit heran, gar nicht dazu im Stande zu sein, ein solches Leben zu führen. Jeder Versuchung widerstehend und jedem Laster ausweichend. Ein Leben lang keine Grenze zu übertreten und nach den moralischen Vorstellungen anderer zu leben. Wo bleibt da der Reiz? Wo die Neugierde, etwas Neues zu entdecken? Ich konnte mir ein solches Leben nicht vorstellen und bewunderte dennoch alle anderen, für die es normal war.

Walter jedenfalls machte kein Geheimnis aus nichts. Er legte alle Karten offen und versteckte sich vor niemandem. Weder vor sich selbst noch vor der serbischen

Justiz. Sein Verstand so scharf wie die Rasierklinge unter seinem Kopfpolster und dennoch voller Demut dem Leben gegenüber. Er hatte etwas Besonderes an sich. Ein Leuchten in den Augen, als wäre er nach einem jahrelangen Dämmerschlaf aufgewacht.

Als wäre er erwachsen geworden und als hätte er sich in seinem Spiegelbild das erste Mal selbst erkannt.

Ohne Zweifel hatte sich Walter seinen Dämonen gestellt und einem nach dem anderen die Fresse poliert. Ich bewunderte ihn. Ein bisschen beneidete ich ihn sogar.

Nachdem ich auf dem Couchtisch noch ein Häufchen Kokain entdeckt hatte, das ich behutsam zu einigen Lines formte, lief ich zum Parkplatz hinunter, um mich erneut auf die Suche nach Damian zu machen. Er konnte nicht weit sein.

Dieses Mal würdigte mich Jelena keines Blickes, als ich unauffällig an ihr vorbei hastete und sie freundlich anlächelte. Sie unterhielt sich mit zwei Männern, die offenbar in geschäftlicher Angelegenheit gekommen waren, wie die maßgeschneiderten Brioni-Anzüge und die Maxwell Scott-Aktentaschen vermuten ließen. Vielleicht gehörten sie aber auch der serbischen Mafia an, dachte ich beiläufig, verwarf den Gedanken aber wieder, da den beiden Herren jegliche slawische Gesichtszüge fehlten und auch die Unterhaltung mit Jelena in englischer Sprache geführt wurde. Einer der beiden war ein großer und bärtiger Mann Anfang fünfzig und ich bildete mir kurz ein, dass ich ihn schon mal irgendwo gesehen hatte. Sein Geschäftspartner war deutlich jünger, Mitte zwanzig vermutete ich, und in englischer Sprache relativ sattelfest. Und noch während ich zu erörtern versuchte, woher mir der Bärtige bekannt vorkam – ich war beinahe schon bei der Tür hinaus –, rief er mir hinterher.

»Bernard Schilling! Sie sind es doch? Oder täusche ich mich …?«

Kurz schnellte mein Puls in die Höhe; auch die Stimme kam mir bekannt vor, konnte sie zunächst aber nicht einordnen. Noch während ich mich umdrehte, schritt der Bärtige festen Schrittes auf mich zu, was in mir die flüchtige Angst auslöste, er würde mir ohne Vorwarnung ins Gesicht schlagen. Man konnte nie wissen. Ich versuchte einen festen Stand einzunehmen, um durch die Wucht des Schlages nicht unkontrolliert zu Boden zu krachen und spannte dazu jeden einzelnen Muskel an.

»Schilling!«, schrie er schon fast euphorisch, »warum stehen Sie denn da wie ein Zinnsoldat? Wie klein die Welt doch ist. Was machen Sie denn hier in dieser doch recht abgelegenen Gegend? Sind Sie auch beruflich unterwegs?«

Ich starrte den Mann an, versuchte, mein journalistisches Kombinationsvermögen anzuzapfen und stellte wenige Sekunden später triumphierend fest, dass ich trotz aller Arzneimittel in meiner Blutbahn noch in der Lage war, eins und eins zusammenzuzählen. Denn gerade in dem Moment, als ich mich ihm zuwandte, erspähte ich auf dem Tresen vor Jelena einen kleinen Block, auf dem ich ein Firmenlogo deutlich erkennen konnte. »Kraus Glasbeschläge« stand da drauf und plötzlich kehrte die Erinnerung zurück.

»Ja, guten Tag, was für eine Überraschung«, antwortete ich ebenfalls überschwänglich und reichte dem Herrn die Hand. Sein Handschlag war jener eines erfolgreichen Geschäftsmannes. Kräftig und bestimmend, auf sein Gegenüber abgestimmt. Dann ergänzte ich: »Ja, der Beruf. Als Journalist kommt man herum. Sind Sie jetzt auch in Serbien geschäftlich aktiv?«, wollte ich wissen.

»Ja!«, antwortete er zufrieden, »seit unserem Treffen ist viel geschehen. Sie wissen ja bereits aus unserem Interview von vor zwei Jahren – die Resonanz darauf war im Übrigen eine kleine Sensation für uns, kann ich Ihnen sagen, herzlichen Dank –, dass wir schon damals an Plänen für eine Expansion Richtung Balkan gearbeitet haben. Die Pläne haben wir schon teilweise umgesetzt und unsere Produkte in den slowenischen und kroatischen Markt eingeführt. Nun wollen wir unser Glück in Serbien versuchen. Wir sehen hier großes Potenzial.«

Ich nickte zustimmend und sah mich um.

»Dem Hotel hier würde ein bisschen Qualität, was die Beschläge angeht, nicht schaden. Schauen Sie sich mal die Reling da an. Die fällt doch beim leisesten Luftzug auseinander«, sagte ich, griff danach und rüttelte sie hin und her. Jelena sah mich mit zusammengekniffenen Augen an. Da erinnerte ich mich wieder, warum ich vor wenigen Minuten überhaupt das Zimmer verlassen hatte. Damian.

Auch ihn hatten die Herren der Firma Kraus damals kennengelernt. Das Interview fand in einem Restaurant in Brunn am Gebirge statt, wo die Firma ihren Hauptsitz hat. Das Interview war beinahe beendet, als Damian dazustieß. Der Rest ist Geschichte. Damian war innerhalb kürzester Zeit voll wie nur was und unterhielt am Ende das halbe Restaurant mit seinen Stimmenimitationen. Er war ein Meister darin. Besonders die Sprechweisen von Arnold Schwarzenegger, Nicolas Cage und Armin Wolf hatte er perfektioniert. Die Herren Kraus waren ebenso begeistert wie die restlichen Gäste, was sich noch als glückliche Wendung herausstellen sollte.

»Sie sagen es, Schilling«, antwortete der Bärtige. Deswegen sind wir hier. Wir haben erkannt, dass die Menschen hier viel von dem österreichischen Qualitätsverständnis halten. Deshalb haben wir gleich einen Termin mit dem Geschäftsführer des Hotels, er will investieren, hat er gesagt, und zwar in stabile Duschwände, in eine verglaste Terrasse und in Stoßgriffe für das gesamte Hotel. Das könnte unser erster wegweisender Auftrag hier werden«, sagte er siegessicher.

»Das freut mich zu hören«, antwortete ich und war froh, das Gespräch beenden zu können, um weiter nach Damian zu suchen.

»Wir sollten uns in naher Zukunft wieder einmal zusammensetzen. Vielleicht könnten Sie über unsere Expansion berichten«, sagte er abschließend, reichte mir die Hand und überreichte mir seine Visitenkarte.

Ich nickte zustimmend.

»Ich melde mich, sobald ich meinen Auftrag hier beendet habe«, gab ich zurück und verabschiedete mich. Den jüngeren Herrn, der sich mir zwischenzeitlich als Geschäftsführer Junior vorgestellt hatte, verabschiedete ich aus der Ferne. Er hatte offenbar ein Auge auf Jelena geworfen, was ihm nicht zu verübeln war. Dann lief ich hinaus auf die Straße und in Richtung Parkplatz. Als ich dann aber wenige Sekunden später feststellte, dass der Wagen nicht dort auf mich wartete, wo ich ihn abgestellt hatte, verdunkelte sich der Himmel über mir. Nervös zwirbelte ich eine Zigarette aus der zerknitterten Packung und zündete sie an. Drehte mich hastig um die eigene Achse und hoffte, Damian irgendwo in der Ferne zu erspähen. Ohne Erfolg. Auch der Gang um das Hotel herum brachte dasselbe Ergebnis. Nichts. Ich ahnte das Schlimmste.

Für mich war Damian einer der besten Menschen, die ich kannte. Und einer der unzuverlässigsten. Eine unangenehme Kombination. Dennoch liebte ich ihn. Wir hatten zusammen viel erlebt und das verbindet. Mit zwölf Jahren kreuzten sich unsere Wege das erste Mal. Damals in der Schule, Damian war eine Klasse über mir und geistig viel weiterentwickelter, als ich es gewesen war. Ich war verloren in einer Welt, die ich nicht verstand. Ob sie Damian besser verstand, weiß ich nicht, aber er kam offensichtlich besser mit ihr zurecht. Er war selbstbewusst und hinterfragte Dinge. Ich hingegen hatte nur selten eine eigene Meinung, doch gab mir Damian eine Stimme, ohne dass er davon wusste. Er beeinflusste mich in so vielen Belangen und er machte mich mit zu dem Menschen, der ich heute bin. Kritisch, offen und menschenliebend. Das genaue Gegenteil von dem, der ich früher gewesen war. In gewisser Weise war ich ihm zu Dank verpflichtet und ich war dankbar, ihn seit so vielen Jahren an meiner Seite zu wissen. In diesem Moment hätte ich ihm allerdings am liebsten meine Faust in den Magen gerammt – solche Momente gab es zur Genüge.

Ohne jegliche Hoffnung brach ich in Richtung Gefängnis auf. Noch immer dachte ich an Walter. Wer sein Leben in dieser Konsequenz an die Wand fährt, konnte seines Lebens nicht mehr froh sein. Es musste jegliche Bedeutung verloren haben. An die Zukunft will man gar nicht denken. Welcher Arbeitgeber würde einen Vorbestraften einstellen? Wie kann er mit einer solchen Perspektive frohen Mutes bleiben? Woher nimmt er die Hoffnung? Woher die Kraft, sich jeden einzelnen Tag dem Gefängnisalltag zu stellen? Einem Alltag, der geprägt war von permanentem Unbehagen. Und von der Zeit, die unumstößlich vor ihm lag und deren fürchterliche Präsenz so sehr am Nervenkonstrukt nagte, dass er den Griff zur Rasierklinge oft nur mit großer Anstrengung abwenden konnte. Von der Ungewissheit, was im nächsten Moment passieren würde. Als Ausländer hatte er es in einem serbischen Gefängnis ohnehin schwer. Da ist das Überleben ein schmaler Grat und die Zuversicht beizubehalten ein täglicher Kraftakt. Ein Kampf, den er gewinnen muss, wenn er noch an so etwas wie die eigene Zukunft glauben wollte. Es war deprimierend, nur darüber nachzudenken. Wie deprimierend musste das alles für Walter gewesen sein?

Die Hoffnung, Damian irgendwo zu entdecken, schwand mit jedem weiteren Schritt. In der Stadt wuselte es. Die Frontseite des Gefängnisses bot mir das bekannte Bild verwahrloster Besucher. Nach wie vor entsetzlich, sich das anzusehen. Nach wie vor eine andere Welt. Wie konnte so etwas sein? Der mehr oder weniger klare Kopf überforderte mich.

Es ist immer besser, die Dosis langsam herabsetzen,
anstelle sie einfach zur Gänze aus dem
Körper entweichen zu lassen.

Und während ich gegen die zügellose Gedankenflut ankämpfte, die über mich hereinbrach, ebenso wie die Erkenntnis, vom endgültigen Scheitern nur noch wenige Schritte entfernt zu sein, machte sich vor dem Gerichtsgebäude auf der anderen Straßenseite Unruhe breit. Ein offenbar soeben verurteilter Häftling hatte – vermutlich in purer Verzweiflung – den Mut aufgebracht, einem der Aufseher das Knie gegen dessen Gemächt zu rammen und die Flucht zu ergreifen. Aus dem Gebäude heraus und in eine der Seitengassen hinein. Er wäre nicht der erste gewesen, dem ein solches Kunststück gelungen wäre. Nur gelang es ihm in diesem Fall eben nicht. Drei Wachebeamte nahmen die Verfolgung auf und auch ich schlich auf leiser Sohle hinterher, um das Spektakel aus sicherer Entfernung zu beobachten. Zunächst wollte ich nur sicher gehen, dass es nicht Damian war, der da vor drei Justizwachebeamten davonlief. Man konnte nie wissen. Ich musste ihn schon einmal aus einem Knast herauskaufen und war demnach ein gebranntes Kind. Nach einem Kilometer Verfolgungsjagd nahm der Fluchtversuch ein abruptes Ende, als der Häftling die ausgestreckte Faust eines Passanten nicht kommen sah, die ihn unrühmlich zu Boden streckte. Dort blieb er für einige Augenblicke regungslos liegen. Ich stellte zufrieden fest, dass es nicht Damian war. Der Verunglückte kam gerade wieder zu sich, als die Aufseher am Unglücksort eintrafen und sich auf ihn stürzten, als wäre er in diesem Zustand noch in der Lage gewesen zu entwischen. Mit dem Schlagstock bearbeiteten sie den Oberkörper des jungen Mannes, der sich schutzsuchend zusammenkrümmte und um sein Leben schrie. Es war nicht mitanzusehen. Zumindest nicht für mich. Der letzte Hieb traf den Flüchtigen direkt im Gesicht und ich bildete mir ein, das dumpfe Knacken eines Knochens vernommen zu haben. Blut spritzte in alle Richtungen. Dann verlor er erneut das Bewusstsein.

Neugierige Passanten applaudierten aus Leibeskräften. Man möge ihn gleich an Ort und Stelle hinrichten, schrien die einen. Oder ihm den Schwanz mit einer rostigen Klinge abhacken. Andere spuckten ihn an. Als befänden wir uns im Mittelalter.

Trotz der aufgeladenen Stimmung war eine deutlich sichtbare Gelassenheit in den Gesichtern der Bewohner zu erkennen. So, als wären diese Bilder keine Ausnahme gewesen und als würden sie einen gewissen Gewaltausbruch von Zeit zu Zeit durchaus begrüßen. Es tat sich immerhin sonst nicht viel in dieser Stadt. Selbst Kinder liefen, aufgestachelt von den Erwachsenen, umher und bewarfen den Bewusstlosen mit kleinen Steinen. Kaum vorstellbar hierzulande. Allerdings ist es auch für uns Westeuropäer nicht vorstellbar, durch welches Martyrium unsere Nachbarn auf dem Balkan noch vor wenigen Jahren gegangen waren. Niemand von uns weiß, was Krieg bedeutet. Der Religion geschuldeter Krieg, den alle Seiten mit unsagbarer Grausamkeit führten. So etwas prägt einen. Da entwickelt sich unterschwellig ein Nationalstolz, in den die Kinder von Generation zu Generation hineingeboren werden. Der Blick über den Tellerrand hinaus wird einem praktisch ab dem ersten Atemzug verwehrt, was der Entwicklung dieses wunderschönen Landes nicht unbedingt dienlich ist. Ich betrachtete Serbien stets als gefangen in der eigenen Vergangenheit. Vom Rest der Welt geächtet und des Landes beraubt. Beinahe jeder, der mehr vom Leben wollte und eine privilegierte Ausbildung genossen hatte, verließ das Land, weil es keine Möglichkeiten zur Entfaltung bot.

Ein Gastwirt kam mit einem Eimer Wasser auf die Straße getorkelt und platzierte seine enorme Statur direkt vor dem am Boden liegenden Häftling, ehe er den Inhalt mit einem unkoordinierten Hüftschwung über dessen Kopf goss. Der Eimer in seiner Hand sah aus wie ein Fingerhut. Langsam öffnete er die Augen. Die Wärter packten ihn und führten ihn ab. Widerstandslos. Er konnte sich kaum auf den Beinen halten. Von einem der Passanten erfuhr ich, dass er zu einer lebenslangen Haftstrafe verurteilt worden sei und dass *lebenslang* in Serbien tatsächlich fast lebenslang bedeutete. Vierzig Jahre Gefängnis. Ohne echte Perspektive, es jemals wieder zu verlassen. Der Bursche war jung. Zwanzig, vielleicht 25 Jahre alt. Laut Angaben des Passanten hatte er ein dreizehnjähriges Mädchen vergewaltigt und anschließend ermordet. So zumindest lautete die Anklage. Die Beweislage war dürftig, wie ich von Sreten später erfahren habe. Doch darauf kam es nicht an.

Viel wichtiger war es, einen Schuldigen zu finden, um die Behörden nicht blöd dastehen zu lassen und um keinen Aufstand unter den Angehörigen des Mädchens zu provozieren. Noch dazu war der Täter Ungar. Und was war ein Ungar an diesem Ort schon wert? Sein Leben war zu Ende, noch bevor es wirklich begonnen hatte. Die eigene Zukunft, die Leichtigkeit des Erwachsenwerdens und die vertraute Stimme des inneren Kindes – einfach verpufft. Mit einem Wimpernschlag dem Erdboden gleichgemacht. Staub und Asche. Vernichtung. Das eigene Leben nur noch eine Aneinanderreihung von Ereignissen, die jegliche Bedeutung verloren hatten. Die Gewissheit, dass Familie und Freunde noch da sein würden in den ersten zwei oder drei Jahren, ehe der Kontakt langsam abbricht und irgendwann völlig versiegt. Weil der Knast jeden Menschen über die Jahre hinweg verändert. Und für gewöhnlich nicht zum Guten. Der Mensch, der man gestern noch gewesen war, wird über kurz oder lang verschwinden. Für immer. Der Gefängnisalltag wird ihn umbringen.

Das alles muss dem Häftling auf seinem Weg ins Gefängnis mit jedem einzelnen Schritt bewusster geworden sein. Denn mit jedem weiteren Schritt schrie das Entsetzen noch lauter aus seinen trüben Augen. Es war der Moment der Realisierung. Er realisierte, was auf ihn zukam. Dass er nicht nur für den Rest seines Lebens seine Freiheit verwirkt hatte, sondern als vermeintlicher Vergewaltiger so unerträgliche Schmerzen über sich ergehen lassen muss, dass der Gedanke an den eigenen Tod plötzlich zur einzigen noch übriggebliebenen Hoffnung heranwuchs.

»Sie werden ihn regelmäßig verprügeln und er wird regelmäßig Bekanntschaft mit dem Besenstiel in seinem Arsch machen«, begann der Passant neben mir zu erzählen. »Das ist normal hier. Wenn er Glück hat, darf er für irgendeinen Gangsterboss den Arsch hinhalten. Von den Beamten hat er keine Hilfe zu erwarten. Er ist den anderen Häftlingen schutzlos ausgeliefert. Ich gebe ihm zwei Wochen. Dann wird er sich selbst die Lichter ausknipsen. Verfluchter Penner.«

Da fiel mir ein, was uns Walter über die serbische Homophobie erzählt hatte.

»Ich habe gehört«, sagte ich also, »dass Vergewaltigungen in serbischen Gefängnissen selten sind …?«

Der Typ blickte mir mit messerscharfen Augen entgegen.

»Sind sie auch«, zischte er. »Aber beim Umgang mit Vergewaltigern gibt es keine Regeln. Da sind alle Regeln außer Kraft gesetzt, wenn Sie verstehen.«

Ich nickte.

»Stellen Sie sich vor«, fuhr er fort, nachdem er sich mit dem Fingernagel irgendeinen Speiserest aus seinen Schneidezähnen herausoperiert hatte, »Sie sitzen seit zwanzig Jahren im Knast. Da wird es Ihnen irgendwann egal, mit welchem Arsch Sie sich vergnügen. Sie nehmen sich einfach den eines Vergewaltigers. Weil es niemanden kümmert und weil Sie sich einreden, dass es Ihnen zusteht. So läuft das hier ab. Außerdem würde ein Ungleichgewicht entstehen, wenn es keine Vergewaltiger mehr im Knast gäbe. Das ist wie mit den Huren. Und der arme Bursche hier wird auch noch auf seine Kosten kommen mit dem Knackarsch.«

Es gelang mir nicht, das Hinterteil des Jungen nicht mit einem Blick zu würdigen. Und der Passant hatte recht, da würde ich mir auch Sorgen machen.

Die Selbstverständlichkeit, mit der der Passant über diese Dinge sprach, erzeugte auch bei mir für wenige Augenblicke das Gefühl, als wäre das alles nicht so schlimm. Als wäre es nicht verwerflich, von Häftlingen unter den Augen der Beamten malträtiert zu werden. Ihrer Willkür schutzlos ausgeliefert zu sein, ihrer Brutalität und ihrem falschen Verständnis von Gerechtigkeit. Was war da ein Rechtsstaat noch wert?

Als ich die Darbietung zu Ende beobachtet und der Passant das Interesse an mir verloren hatte, unternahm ich einen weiteren Versuch, Damian telefonisch zu erreichen.

»Der von Ihnen gewünschte Teilnehmer ist
im Moment nicht erreichbar«.

Ich zündete eine Zigarette an und starrte in die Ferne. Versuchte mir einzureden, dass es noch Hoffnung gab. Dass Damian jeden Augenblick um die Ecke schleichen würde. Aber er kam nicht. Dafür machte ich auf meinem Weg zurück eine andere sonderbare Entdeckung.

NAHE DES UNTERGANGS

Ich hatte gerade daran gedacht, ob die differenzierte Sichtweise auf eine straffällig gewordene Person, wie Walter eine war, tatsächlich zu einem Umdenken beitragen kann. Ob die Menschen noch zum Differenzieren in der Lage sind und wie es um ihre Empathie steht. In einer Welt, in der es offenbar keine größere Wahrheit gibt als die eigene Meinung. In der sich keiner mehr wirklich informieren will, weil es zu jeder Meinung irgendwo eine passende Veröffentlichung gibt, die sie untermauert und in der Journalisten zu Feinden erklärt werden, auch wenn sie sich das zu einem gewissen Teil selbst zuzuschreiben haben. Nicht alle, aber viele. Besonders Boulevard-Journalisten und da besonders deren Chefs. Wo also liegt die Wahrheit versteckt und was noch viel wichtiger ist: Wen interessiert sie noch?

Es scheint, als wäre die Wahrheit nur so lange
interessant, so lange sie uns recht gibt.

Ich war nicht ganz bei der Sache, als ich vor einem Supermarkt ein schwarzes Fahrzeug entdeckte, das verdächtig nach einem Seat Ibiza aussah. So einer, wie ihn Walter gefahren hatte. Einer mit österreichischem Kennzeichen und deutlichen Spuren einer Durchsuchung. Da und dort fehlten Plastikteile von diversen Abdeckungen und irgendwie kam es mir so vor, als würde dem Wagen noch der süßliche Duft kosovarischen Grases anhaften. Ich konnte mich aber auch täuschen. Auf jeden Fall war ich ganz aufgeregt.

Meine Hände zitterten, als ich mich Schritt für Schritt dem Supermarkt näherte, um einen Blick durch die Schreibe zu riskieren. Irgendwo da drinnen musste sich ein Polizist aufhalten. Ich war ganz sicher.

Unzählige Kunden drängten sich zwischen den Regalen hindurch, legten ihre Einkäufe auf das Fließband oder unterhielten sich in serbischer Manier – lautstark und wild gestikulierend. Es war alles ein bisschen anders als zuhause. Die Menschen schienen das Leben ein Stück weit mehr zu genießen, als ich das gewohnt war. Sie schienen sich näher zu sein. Vertrauter und vertrauensvoller zu einander. Am hintersten Ende des Supermarktes beobachtete ich zwei Teenager, wie sie unbemerkt zwei Flaschen Schnaps in ihre Rucksäcke schoben und sich dann langsam der Kasse näherten. Auf halbem Weg versperrte ihnen aber ein Kaufhausdetektiv den Weg … mein Herz pochte mindestens genauso schnell wie das der beiden Burschen, was vermutlich an dem uniformierten Mann lag, der sich nur wenige Augenblicke später dazu gesellte und den beiden Jungs offenbar ihre Zukunft hinter Gitterstäben voraussagte. Einer der beiden fing zu weinen an. Immer mehr Menschen gesellten sich dazu und mischten sich ein. War das ein Zeichen? Als ich dann den Zündschlüssel im Zündschloss stecken sah, schoss mein Puls noch einmal in die Höhe. Tausend Gedanken schwirrten durch meinen Kopf. Die Vernunft kämpfte gegen den Drang an, das Fahrzeug über die nächstgelegene Grenze zu schleusen. Ich war hin- und hergerissen. Doch was hatte ich für eine Wahl? Ich musste zurück und ich musste Damian finden, sofern er nicht bereits abgereist war. Aus welchen Gründen auch immer.

Außerdem war da noch der Brief für Walters Mutter. Es gab keine andere Option. Also nahm ich all meinen Mut zusammen und stieg in den Wagen. In Walters Wagen. Meine Hände zitterten. Vorsichtig drehte ich den Zündschlüssel um, atmete einmal tief durch und fuhr gemächlich los. Ich konnte kaum atmen und was noch viel schlimmer war: Ich musste verrückt geworden sein und vor allem musste ich so schnell wie möglich das Land verlassen.

Der Weg über Bosnien war keine Option, weil ich dafür das halbe Land durchqueren musste, und das war mit einem gestohlenen Polizeiwagen nicht die beste Idee. Dementsprechend steuerte ich Mazedonien an. Ein Katzensprung, dachte ich. Der einzige Ausweg. Es würde nicht lange dauern, bis der Cop die Kollegen verständigen würde. Ich musste schneller sein. Ich musste es schaffen.

Beinahe konnte ich mich in Walter hineinversetzen. Genauso musste er sich gefühlt haben, mit all den Drogen im Gepäck. Auf der Flucht vor dem Gesetz. Ich hatte ein von der Polizei beschlagnahmtes Auto gestohlen, in dem vor wenigen Monaten noch zwanzig Kilo Gras verbaut waren. Wie bescheuert konnte man eigentlich sein?

Ohne mich näher mit der Frage auseinanderzusetzen, drückte ich das Gaspedal durch. Nach einigen Kilometern zwang mich der geschlossene Bahnschranken zu einer Vollbremsung. Wie in Zeitlupe sah ich eine Faustfeuerwaffe zu Boden segeln, die zuvor unter einer Zeitung auf dem Beifahrersitz verborgen lag. Eine Zastava CZ 99. Eine serbische Polizeiwaffe. Das war das Ende.

Die Bräune wich aus meinem Gesicht. Für einige Augenblicke starrte ich das Gerät an und wagte nicht, es anzufassen. Ich hasste Waffen. Ich hasste sie wirklich. Ich wickelte die Zeitung darüber und verfrachtete das Ding in das Handschuhfach. Nach wenigen Minuten öffnete sich der Schranken; mit quietschenden Reifen setzte ich meine Fahrt fort, bis mich nur noch wenige Kilometer vom Grenzübergang nach Mazedonien trennten. Erneut war ich guter Dinge. Kein Polizeiwagen war mir bis zu diesem Zeitpunkt begegnet. Bestimmt haben sich die Beamten bei der Suche auf die andere Richtung konzentriert, redete ich mir ein und schöpfte Mut. Der fiel mir aber einige Augenblicke später wieder aus dem Gesicht, als ich in rund fünfzig Metern Entfernung eine Polizeistreife erkannte. Viel zu spät, um irgendwo unbemerkt umzukehren. Mein ganzes Leben spulte sich vor meinem inneren Auge ab. Das letzte Bild zeigte mich gemeinsam mit Walter in einer Zelle hocken. Ich war erledigt.

Hätte ich bei der dürftigen Planung unserer Unternehmung gewusst, in welchen Abgrund sie uns führen würde, wäre ich mit großer Wahrscheinlichkeit zu

Hause geblieben. Ich fühlte mich beschissen wie lange nicht. So groß war der Wunsch, Walter eine Stimme zu geben. Ihn anzuhören, ohne die Voreingenommenheit, die sonst unser Handeln beeinflusst. Seine Geschichte mit der Welt zu teilen. Die unumstößliche Wahrheit. Nicht nur als kleiner Beisatz irgendwo zwischen Kreuzworträtseln und Sudokus. Nein. Wir wollten es richtig machen und hatten am Ende kläglich versagt. Es war eine Schande.

»Fahrzeugkontrolle!«, sagte der Cop. Furchteinflößend sah er aus. Groß und stämmig. Das Gesicht zu einer scheußlichen Fratze verzogen. Als hätte er sein ganzes Leben auf diesen Augenblick gewartet. Auf den großen Coup, der ihn eine Weile ins Rampenlicht stellt; den Applaus genießend und mit geglättetem Scheitel aus den Regionalzeitungen lachend. Dafür nämlich hatten sie Platz. Dafür nahmen sie sich Zeit.

Der Cop war allein. Ich überreichte Führerschein und Zulassung, die ich im Handschuhfach fand, direkt neben der Pistole.

»Das ist nicht ihr Wagen?«, stellte der Gesetzeshüter fest und zog dabei eine Augenbraue übertrieben nach oben. Augenblicklich musste ich an Sreten denken.

»Nein«, antwortete ich, »ich habe den Wagen geliehen.« Mit aller Gewalt versuchte ich die Schweißperlen in meine Stirn zurückzupressen.

»Von Walter Kanelopolus?«

»Ja«, entgegnete ich. »Walter und ich kennen uns seit der Schulzeit.«

»Bleiben Sie im Wagen. Ich muss das überprüfen.« Dann entfernte er sich einige Schritte und verständigte per Funk die Zentrale. ›Nicht gut!‹, dachte ich. ›Gar nicht gut!‹ Jetzt war alles vorbei. Das schlimmste Szenario eingetreten. Das Ende aller Bemühungen. Ich rührte mich nicht von der Stelle und versuchte, einen klaren Kopf zu behalten. Nach wenigen Augenblicken taten sich vor mir drei Möglichkeiten auf. Erstens: Ich bleibe im Wagen sitzen, lasse mich in einigen Minuten verhaften und verhelfe dem Cop zu seinem Rampenlicht. Zweitens: Ich drücke das Gaspedal durch und lasse mich auf eine wilde Verfolgungsjagd ein, die spätestens am Grenzübergang endet. Und drittens: Ich überwältige den Cop und setze meine Reise so schnell wie möglich fort. Immerhin war ich im Besitz einer Waffe. Nicht, dass ich in der Lage gewesen wäre, sie zu benutzen. Eine Möglichkeit war es dennoch. Ich schwitzte. Hob das Zeitungspapier hoch und starrte die Pistole an. Der Anblick ließ mich erschaudern. Selbst das Koks in meiner Blutbahn hätte Variante Drei niemals zugelassen. Es war mir nicht möglich, eine Waffe auf einen anderen Menschen zu richten. Nicht einmal auf einen Polizisten. Vielleicht, dachte ich, wirkt es sich strafmildernd aus, wenn ich kooperiere. Wenn ich dem Cop alles erzähle. Der ganze Aufwand wäre dann aber umsonst gewesen. Ich konnte keinen klaren Gedanken fassen. Doch hatte ich insgeheim bereits eine Entscheidung gefällt. Dann fiel die Anspannung etwas ab. Ich legte den Kopf nach hinten und atmete dreimal tief durch. Die Hände oben auf das Lenkrad gelegt. Im Rückspiegel erkannte ich den Cop, wie er seine Dienstwaffe aus dem Halfter zog und sich mit langsamen Schritten dem Wagen näherte.

»This is the end, beautiful friend, the end …«

Der Beamte hatte sich noch keine zwei Schritte von seinem Wagen entfernt, da erkannte ich im Rückspiegel eine sich rasant nähernde Staubwolke. Das musste die Verstärkung sein. Ich hielt Ausschau nach einem Polizeihubschrauber, doch konnte ich keinen erkennen. Der Cop blickte der Wolke entgegen. Wie angewurzelt stand er da. Seinen linken Unterarm als Sonnenschild über die Stirn gelegt. Irgendwo zwischen den aufheulenden Motorengeräuschen glaubte ich plötzlich das Gitarrenriff von *Highway to hell* vernommen zu haben, ehe es mir wie Schuppen von den Augen fiel. Dem Gedanken folgte ein ohrenbetäubender Knall, als der Mittelteil der Rauchwolke ungebremst in den stehenden Polizeiwagen krachte, nachdem sich der Cop mit einem Hechtsprung in Sicherheit gebracht hatte. Einige Sekunden lang schien die Welt still zu stehen. Ich wagte kaum zu atmen und der Knall hallte in meinen Ohren nach. Es dauerte eine Weile, bis sich der Rauch gelichtet hatte und ich Damian aus unserem Leihwagen fallen sah.

Wie von Sinnen stürzte ich aus dem Wagen und rannte auf meinen Freund zu, der mit voller Wucht gegen den Airbag geknallt war. Offensichtlich hatte er sich die Nase gebrochen.

»Um Gottes Willen!«, schrie ich. »Ist alles in Ordnung?«, und versuchte den Zweimeter-Mann hochzuhieven. Kein einfaches Unterfangen. Der sah mich nur an und versuchte, sich aus eigener Kraft auf den Beinen zu halten.

»Du musst dich um den Cop kümmern«, stöhnte er. »Du musst ihn irgendwo festbinden.«

Da bemerkte ich erst, dass der Cop benommen auf der Erde lag. Sein Bein sah übel aus. Irgendetwas steckte in seinem Oberschenkel fest. Dunkles Blut quoll heraus. Beinahe musste ich mich übergeben.

»Wachen Sie auf!«, schrie ich den Polizisten an, während ich zu ihm hinlief und seine zu Boden gefallene Dienstwaffe mit dem Fuß beiseite schob. Langsam öffnete er die Augen, das Gesicht schmerzverzerrt.

»Du musst ihn festbinden!«, hörte ich erneut Damians Stimme. »Mach ihn an einem Baum fest.«

Bevor Herr Kostresevic, wie ich dem Namensschild entnehmen konnte, das Bewusstsein wiedererlangte, zerrte ich ihn einige Meter weiter zu einer kleinen Esche und kettete ihn dort fest. Es gefiel mir nicht, aber ich hatte keine andere Wahl. Damians Einsatz wäre ansonsten völlig umsonst gewesen.

»Entschuldigen Sie bitte, aber das muss sein«, sagte ich leise. Dann stürmte ich zurück zu Damian und suchte den Verbandskasten im Kofferraum. Ich fand ihn direkt neben einer halb leeren Wodkaflasche. Der

Cop fluchte und benutzte dabei unaussprechliche Worte.

»Hören sie zu«, sagte ich erneut, »ich muss das Metallteil, das in Ihrem Oberschenkel steckt, entfernen. Sie müssen jetzt stillhalten.«

Herr Kostresevic sah mich an, als hätte er mir am liebsten eine Kugel zwischen die Augen geschossen. Es war ihm nicht zu verübeln. Aber auch er hatte keine Wahl.

Mit einer Kombizange, die ich in Walters Seat gefunden hatte, operierte ich dem Cop einen fünf Zentimeter langen Metallsplitter aus dem Oberschenkel, nachdem ich die Wunde mit Wodka gesäubert hatte. Den Rest kippte ich in seinen Mund. Beim Nähen von Wunden hatte ich ja bereits Übung. Der Cop biss auf ein Stück Holz und wünschte uns den Tod. Auch das war ihm nicht zu verübeln. Zu guter Letzt wickelte ich einige Meter Mullbinden um seinen Oberschenkel und stellte eine Flasche Wasser neben ihm auf der Erde ab.

»Halten Sie still und halten Sie verdammt nochmal Ihren Mund, das macht die Sache auch nicht besser«, zischte ich. »Glauben Sie, mir macht das Spaß? Ich könnte längst zuhause sein, wären Sie mir nicht in die Quere gekommen, Sie verdammtes Arschloch. Also seien Sie still und lassen Sie mich überlegen.«

Damian humpelte einstweilen auf mich zu und schlug seine Hand auf meine Schulter.

»Hab ich dir wieder mal den Arsch gerettet?«, krächzte es aus seinem zerschundenen Gesicht.

Ich war kurz davor, ihm eine zu verpassen.

»Ohne dich wäre es gar nicht so weit gekommen!«, schrie ich ihn an. »Wo bist du überhaupt gewesen?«

»Ich hab Leonora geknallt ...«

Noch bevor Damian den Satz zu Ende sprechen konnte, landete meine beschleunigte Faust direkt auf seiner gebrochenen Nase. Warum, wusste ich nicht so genau. Vermutlich, weil mir das Vergnügen verwehrt geblieben war und ich noch an so etwas wie Romantik geglaubt hatte. Es konnte aber auch an meiner allgemeinen Überforderung gelegen haben.

»Entschuldige bitte«, hörte ich mich sagen, noch während Damian einige Schritte zurücktaumelte.

»Du blöder Wichser!«, stöhnte er und presste seine Handfläche gegen die Nase, aus der erneut das Blut quoll wie Wasser aus einem Springbrunnen. »Das war doch nicht ernst gemeint. Ich hab Sreten getroffen und ihm gesagt, dass er Walter nicht bescheißen soll. Ich habe ihm angedroht, einen polnischen Auftragskiller zu organisieren, wenn er nicht alles tut, um Walter da herauszuholen. Vorher war ich für einige Stunden unter einem Baum eingeschlafen. Ich konnte nicht mehr denken.«

»Woher kennst du denn einen Auftragskiller?«, sagte ich mehr so nebenbei.

»Tu ich nicht, du Idiot. Aber irgendetwas musste ich ihm sagen. Und jetzt hilf mir hoch. Wir müssen los.«

Und da hatte er recht. So schnell es mir möglich war, verfrachtete ich die Überreste unseres Gepäcks in den Seat. Damian humpelte währenddessen in Richtung Polizeiwagen. Der Funk war offensichtlich noch intakt. Es musste das einzige sein, das noch funktionsfähig war. Der Rest des Wagens sah aus, als wäre er von einer Klippe gestürzt.

»Sag den Kollegen, dass du einen Fehlalarm ausgelöst hast«, befahl Damian dem Cop. Sag Ihnen, sie sollen in nordwestlicher Richtung suchen. Hier ist alles sauber!«

Der Cop spuckte Damian vor die Füße.

»Hör jetzt gut zu, du Scheißgesicht« – Damian trat einige Schritte näher an ihn heran und hob die Polizeiwaffe vom Boden auf. »Wenn du nicht kooperierst«, zischte er mit blutunterlaufenen Augen, »schieß ich dir noch so ein Loch in dein Bein. Dieses Mal wird dich der Medizinmann dort drüben aber nicht zusammenflicken, hast du verstanden? Wir schicken einen Krankenwagen vorbei, wenn wir außer Reichweite sind. Du hast die Wahl.«

Der Cop verfügte nicht über die nötigen Druckmittel, um sich strategisch in eine bessere Position zu bringen und gab per Funk Entwarnung. Zu guter Letzt führte er die Kollegen auf eine falsche Fährte. Damian hatte das Unheil irgendwie abgewendet. Zumindest vorübergehend. Wenige Minuten später befanden wir uns wieder auf der Straße. Nur noch wenige Kilometer vom Grenzübergang entfernt. Beinahe hatten wir es geschafft.

DER VERLORENE BRIEF

Irgendwann in den letzten Stunden ist das Vorhaben eskaliert. Wir hatten die Kontrolle verloren. Wir waren zu weit gegangen. Wir hatten das Hotelzimmer nicht bezahlt und wir hatten einen Polizisten verletzt und ihn an einen Baum gefesselt. Sie werden uns einsperren. Damian neben mir sah nicht gerade gut aus. Der Körper zerschunden und der Blick starr vor Angst. Ich drückte das Gaspedal durch. Das Gute an der Sache war: Wir hatten die Story. Zumindest das. Mein Chef würde mich killen, aber es war mir egal. Nun konnte die Welt erfahren, wer Walter Kanelopolus tatsächlich war. Dass hinter den unzähligen Schlagzeilen, die ihn als verachteten Drogendealer darstellten, ein Mensch steckte. Ein Mensch mit Ängsten und Hoffnungen. Einer, der keinen anderen Ausweg gesehen hatte und der nun so sehr damit beschäftigt war, sich zurück ins Leben zu kämpfen, dass nichts sonst mehr Bedeutung hatte. Er war gefasst und bereit für eine halbwegs angemessene Strafe.

Für mich war Walter das perfekte Beispiel eines geläuterten Mannes. Eines Mannes, der im Inneren seines Herzens nie etwas Böses wollte und der sich dennoch in den Tiefen seiner traurigen Welt verlaufen hatte. Er verlor sich im Aussichtslosen und fand keinen Ausweg. Heute weiß ich, dass dieses Schicksal jeden hätte ereilen können. Er hatte das nicht geplant. Es stand nie auf seiner Agenda, Drogen von einem Land ins andere zu überführen. Er hatte eine Reihe von Fehlern begangen. Walter war ein junger Narr und er war noch auf der Suche. Nach sich selbst und nach seiner Aufgabe. Nach seinem Platz in der Welt und dann hatte er sich in etwas verrannt. Er hatte die Kontrolle verloren. War zur falschen Zeit am falschen Ort. Hatte sein Bauchgefühl ignoriert und sich in eine Sackgasse manövriert. Und dann war er so tief gefallen, wie es die wenigsten von uns tun. Am Boden der Tatsachen kam er wieder zu sich. Und da befand er sich noch heute. Mit klarem Kopf und bei Verstand. Er hatte sich seinen Dämonen gestellt und sich auf den steinigen Weg eingelassen, der nun beinahe unüberwindbar vor ihm lag. Er kämpfte. Und er hatte ein Ziel vor Augen.

Ich war der festen Überzeugung, dass wir alle noch viel von Walter Kanelopolus hören würden, wenn er seine Strafe erst verbüßt und das Gefängnis verlassen hatte. Er würde sich nicht von seinem Weg abbringen lassen und sie alle eines Besseren belehren; ihnen zeigen, dass das eigene Leben beeinflussbar ist. Auch dann, wenn man nicht aktiv daran teilnehmen kann. Er würde es der ganzen Welt beweisen. Davon war ich überzeugt und genau das versuchte ich zu transportieren. Einen differenzierten Blick abseits der angelernten Gedankenmuster. Toleranz und Empathie.

Vielleicht war es das alles also doch wert. Vielleicht war es nötig, die Grenzen zwischen Genie und Wahnsinn verschmelzen zu lassen, wobei wir dem Wahnsinn deutlich näher waren. Wir hatten das Objektive aus dem Arbeitsprozess entfernt. Wir hatten es ausradiert und

Platz für die Wahrheit geschaffen. Denn objektiv waren sie alle und dementsprechend nichtssagend waren die Berichte dazu. Wir hingegen gingen einen anderen Weg, wie ihn wenige bereits vor uns gegangen waren. Visionäre. Journalisten, die von der dargebotenen Wahrheit genauso enttäuscht waren wie ich und die sich mit ihrer subjektiven Art der Berichterstattung Gehör verschafft haben. Und genau dort wollte ich anknüpfen. Ob es tatsächlich gelingen würde, konnte ich nicht sagen.

»Verdammte Scheiße!«, schrie Damian plötzlich und tastete seinen Oberkörper ab. Vor Schreck hätte ich den Wagen beinahe in die Böschung gelenkt. Kein Cop weit und breit. Gottseidank.

»Hast du völlig den Verstand verloren!?«, brüllte ich zurück.

»Walters Brief!«, schrie er hyperventilierend. »Ich habe Walters Brief im Wagen liegen gelassen!«

Der Grenzübergang lag rund hundert Meter vor uns und ich drückte das Bremspedal durch.

»Du hast was!?«

Wir hatten es fast geschafft. Niemand würde außerhalb Serbiens nach uns suchen. Nur noch wenige Meter trennten uns von der Freiheit. Aber ohne dieses Stück Papier konnten wir unsere Reise nicht fortsetzen. Das war keine Option. Wir waren es Walter schuldig, Damian hatte es ihm versprochen. Wir mussten zurück. Ob wir nun wollten oder nicht. Wir mussten zurück.

Damian und ich sahen einander für einige Sekunden schweigend an. Als hätten wir im Stillen vereinbart, das

Risiko einzugehen und den Brief zurückzuholen. Innerhalb eines Sekundenbruchteils schien es zu einer Mission geworden zu sein. Wir mussten den Brief finden, bevor ihn die Cops finden. Wer weiß, was Walter da hineingeschrieben hatte. Dann legte ich den ersten Gang ein und wendete den Wagen.

Den ganzen Weg zurück redeten wir kein Wort miteinander. Als würden wir uns mental auf die folgenden Ereignisse vorbereiten, ohne zu wissen, was uns erwartet. Die Pulsfrequenz erhöhte sich mit jedem gefahrenen Kilometer. Wir waren angespannt. Die Angst kehrte zurück. Es waren dreißig Minuten vergangen, seit wir den Cop zurückgelassen hatten. Nun war Konzentration gefragt.

»Vielleicht sollten wir den Wagen dort drüben abstellen und uns zu Fuß nähern«, schlug Damian vor, als wir nur noch rund einen Kilometer vom Ort des Schreckens entfernt waren. Ich stimmte im Stillen zu und parkte den Wagen einige Meter weiter am Straßenrand unter einer großen Esche. Für einige Augenblicke verharrten wir regungslos in einer Art Schockstarre, dann starteten wir los; schlugen uns durch das angrenzende Waldstück und zuckten bei jedem Geräusch zusammen. Ich war am Rande des Nervenzusammenbruchs. Und je näher wir dem Tatort kamen, desto mehr überkam mich die Gewissheit, dass die Einsatzkräfte bereits eingetroffen waren. Einige Augenblicke später hörte ich Stimmen irgendwo hinter dem Dickicht. Menschen schrien durcheinander. Hysterie, Voyeurismus, was auch immer. Dann, wenige Schritte weiter, hatten wir Gewissheit. Damian und ich kauerten hinter dichtem Geäst, ungefähr fünfzig Meter entfernt. Der Anblick ließ den letzten Funken Hoffnung aus unseren Augen zu Boden fallen. Vor uns tummelten sich Passanten, Polizisten und Sanitäter.

»Verdammter Mist!«, fluchte Damian flüsternd. Seinem Blick nach zu urteilen, wäre er am liebsten mit dem Kopf voran gegen einen der Bäume gerannt. »Ich hab‘s verschissen! Ich hab‘s verdammt nochmal verschissen!«

Selten zuvor hatte ich einen so leeren Blick in Damians Gesicht gesehen.

»Hast du nicht. Du hast mich vor dem Knast bewahrt. Wir müssen zurück. Wir müssen es Walter sagen und ihn warnen. Komm jetzt.«

Ich packte Damian am Arm und zog ihn hinter mir her. Die Sanitäter verfrachteten den Cop einstweilen auf einer Trage in den Rettungswagen. Die Polizisten sicherten den Tatort. Auch Journalisten waren bereits anwesend. Ein Fernsehteam. Kameras und Mikrofone.

Passanten standen daneben und hielten das Szenario mit ihren Smartphones fest. Fotografierten und dokumentierten, um ihre Erlebnisse mit der Community zu teilen. Um sich ihrer virtuellen Gefolgschaft als wichtige Zeugen zu präsentieren. Um Likes zu erhaschen. Sie lachten. Freuten sich über ein solches Ereignis, weil es sie herausriss aus ihrem trostlosen Alltag. Es war etwas passiert; und das war gut.

Die Sensationssucht ist der Spiegel einer degenerierten Gesellschaft, die alles hat und dennoch unfassbar arm ist.

AM ABGRUND

Nachdem wir uns lautlos zurück durchs Gebüsch geschlagen hatten, saßen wir wenige Minuten später wieder im Wagen und fuhren dem Grenzübergang entgegen. Keiner von uns beiden wagte auch nur ein einziges Wort zu sagen. Wir hatten versagt. Hatten Walters Hoffnung rücksichtslos in der Luft zerrissen. Das machte mich fertig, weil er es nicht verdient hatte.

In der Ferne erspähte ich den ersten Kontrollpunkt. Doch etwas stimmte nicht. Die vor wenigen Minuten noch so heitere Atmosphäre war purem Entsetzen gewichen. Ich sah Blaulichter, ein Dutzend Polizisten, Hunde. Alles in rund hundert Metern Entfernung. Etwas würde passieren. Das Grauen zeichnete sich erneut in unsere Gesichter. Wir waren gefangen. Der Weg zurück versperrt. Wir mussten hier raus. Und doch gab es kein Zurück.

Ich spürte plötzlich die Anspannung von meinen Schultern abfallen. Für den Bruchteil einer Sekunde nur. Es war ein eigenartiges Gefühl. Als hätte sich der Nebel gelichtet. Als wären wir am Ende der Reise angelangt. Die Karten offengelegt. Die Mission offiziell gescheitert. War‘s das? Haben wir nun endgültig versagt? Würde die Wahrheit über Walter Kanelopolus tatsächlich im Verborgenen bleiben? Den Menschen unzugänglich, für immer? Der Gedanke gefiel mir ganz und gar nicht. Dann drückte Damian plötzlich das Bremspedal durch. Offenbar hatte er beinahe jemanden überfahren.

»Ihr Geisteskranken!«, hörte ich plötzlich eine Stimme rufen. »Seid ihr noch bei Sinnen? Wollt ihr auch in den Knast?«

Ich war zunächst etwas irritiert und hielt ihn für eine Fata Morgana. Sreten Milenkovic, in Anzug und Krawatte, stand neben mir und schaute zum Fenster herein. Seine Augenbrauen wehten im Wind wie die serbische Flagge am Grenzhäuschen.

»Keine Zeit für Erklärungen«, sagte er. »Raus mit euch und rein in den Kofferraum!«

Damian und ich sahen einander fragend an. Sreten hielt serbische Kennzeichen in seinen Händen und montierte sie an unserem, Walters, Wagen.

»Um Himmels Willen!«, schrie Sreten, »seht euch mal den Wagen an. Mit dem wollt ihr doch nicht ernsthaft die Grenze passieren und tausend Kilometer hinter euch bringen? Jebote budale ...«

Widerwillig zwängten wir uns in den Kofferraum. Wie das möglich war, bleibt mir bis heute ein Rätsel. Sreten knallte die Klappe zu. Dann setzte sich das Fahrzeug in Bewegung. Was passiert hier, dachte ich, war aber nicht dazu imstande, die Frage laut auszusprechen. Was passiert, wenn Sreten mit den Polizisten unter einer Decke steckt und uns ausliefert? Hier war schließlich alles möglich und auch die Kontrolle ist uns längst abhanden gekommen. Ich schwitze. Hatte uns Sreten reingelegt? Ich wagte kaum zu atmen. Es war stockdunkel. Nur Damians heißen und nach Rum stinkenden Atem konnte ich deutlich in meinem Gesicht spüren. Dann verlor der Wagen an Geschwindigkeit. Fuhr im Schritttempo weiter und blieb stehen. Ich hörte Stimmen. Eine davon war Sretens. Schritte. Sie näherten sich dem Wagen. Es mussten mehrere Personen gewesen sein. Was hatte es mit den serbischen Nummernschildern auf sich? Hatte Sreten einen Plan? Und wenn ja, wem würde er helfen? Hatten wir uns zu schnell auf seinen Vorschlag eingelassen? Wobei, welche Alternative hätte es gegeben? Ich hielt die Luft an. Jemand legte die Handfläche auf die Klappe des Kofferraums. Sreten redete und redete. Ich machte mir beinahe in die Hosen.

Die Reise hatte mich an den Rand des Erträglichen gebracht. Zu viele Ereignisse für drei Tage. Zu viele ängstliche Gesichter. Zu viel Angst und Schrecken. Es war die völlige Hingabe für die Sache. Der völlige Verlust des Objektiven. Wir hatten es einfach ausradiert. Ohne Rücksicht. Beinahe hatten wir das Ziel erreicht. Nun schien alles auseinanderzubrechen. Der letzte vergebliche Versuch, zu retten, was noch zu retten war. Unsere Freiheit. Unsere Zukunft. Unser Leben. Plötzlich setzte sich der Wagen wieder in Bewegung. Langsam. Musste Sreten, wie Walter damals, am Straßenrand halten? Den Reisepass abgeben? Oder waren es die ersten Meter in die Erlösung? Das Unwissen bohrte sich tief in meinen Magen.

»Weißt du was«, flüsterte Damian plötzlich.

Der Rum brannte in meinen Augen.

»Egal was passiert, es war mir eine Ehre mit dir zu reisen.«

Ich dachte zuerst, ihm wären nun völlig die Sicherungen durchgebrannt.

»Walter und diese ganze Geschichte waren mir egal, als wir vor vier Tagen losgefahren sind. Ich habe mich auf einige Tage Urlaub gefreut. Auf eine Auszeit. Auf Abwechslung. Erst nach und nach habe ich verstanden, was du da tust. Und ich finde es beeindruckend. Das ist ganz großes Kino gewesen. Wenn man von einigen Details absieht natürlich. Das mit dem verletzten Cop war keine Glanzleistung. Aber man muss Verluste hinnehmen, wenn man das große Bild im Auge behalten will. Das ist immer so gewesen. Ich wollte dir das nur sagen, bevor die uns einsperren.«

Ich klopfte Damian gedanklich auf die Schultern. Der Wagen rollte noch immer gemächlich vor sich hin. Es war kaum auszuhalten. Die schwindende Luft innerhalb des Kofferraums tat ihr Übriges. Kurz bevor ich das Bewusstsein verlor – zumindest fühlte es sich so an und verloren hatte ich es am Ende doch nicht – erschienen Bilder meiner Kindheit vor meinem inneren Auge. Ein kurzer Streifzug durch mein Leben. Mit wenigen Highlights und vielen Tragödien. So konnte ich nicht abtreten. Nicht, bevor ich nicht etwas Bedeutendes geschaffen hatte. Ich zwang mich wach zu bleiben.

Unerwartet nahm der Wagen Fahrt auf. Ich war zunächst nicht sicher, ob es nur Einbildung gewesen war, doch jubelte auch Damian im Stillen vor sich hin. Sreten bretterte mit Vollgas dem zweiten Kontrollpunkt entgegen. Ich war den Tränen nahe. Vom zweiten Grenzübergang hatten wir nichts zu befürchten. Es war der montenegrinische. Die hatten mit den Serben nichts zu tun. Wir hatten es geschafft. Ich hatte zwar keine Ahnung wie, aber wen interessierte das? Irgendwann, nach ungefähr 15 Minuten, hielt Sreten an. Irgendwo in Montenegro. In Sicherheit. Es war vorbei. Damian und ich schälten uns aus dem Kofferraum und inhalierten den süßen Duft der Freiheit. Wir umarmten uns nicht, sondern gratulierten uns im Stillen mit einem kaum wahrnehmbaren Kopfnicken. Sreten stand triumphierend daneben. Das Land erstreckte sich vor unseren Augen. Kilometerweit. Nichts als der glitzernde Horizont. Es war ein atemberaubendes Gefühl.

»Was ist da gerade passiert?«, stotterte ich, in trauter Glückseligkeit mit der soeben eingetretenen Situation. Erwartungsvoll sah ich in Sretens Gesicht, der erhaben an seinen Wagen gelehnt, die Spannung aufzubauen versuchte, indem er schwieg. Der Stolz pochte in seiner Brust und brachte sich im Glanz seiner Augen zum Ausdruck. Ich hatte ihn unterschätzt. Ihm Unrecht getan. Hatte mich von meinen Vorurteilen überwältigen lassen.

HELDENGESCHICHTEN

Während Damian und ich das erste Mal die montenegrinische Grenze angesteuert hatten, saß Sreten in seinem Wagen und hörte den Polizeifunk ab – ein Standardprozedere, um neue Klienten zu gewinnen. Er war der erste, der wenige Minuten später am Unglücksort eintraf und sich ein Bild von der Situation machte. Er befreite den Cop und kontaktierte die Rettungskräfte. Ließ sich die Situation bis ins kleinste Detail schildern und erarbeitete innerhalb weniger Minuten einen Notfallplan – eine Begabung, die er als Anwalt auf höchstem Niveau perfektioniert hatte.

Der Rest musste eine Mischung aus Kombinationsvermögen und Intuition gewesen sein. Sreten setzte sich in seinen Wagen und steuerte mit Höchstgeschwindigkeit den Grenzübergang an. Er wusste, dass uns jeder andere Weg direkt ins Gefängnis geführt hätte und vertraute darauf, dass auch wir schlau genug waren, um die Verhältnisse richtig einzuschätzen. Anschließend tat Sreten etwas, das mich überraschte. Innerhalb eines Sekundenbruchteils ließ er alle Vorurteile, die sich über die Tage hinweg aufgebaut hatten, in der Luft verpuffen. Einfach so. Indem er einen Wagen fuhr, der ein Klon Walters Wagens hätte sein können. Ein Seat Ibiza, Baujahr 2010 in Midnight Schwarz Metallic, dessen Nummernschilder er in aller Ruhe mit jenen seines eigenen Wagens tauschte. Er war ein Held. Er riskierte seine

Freiheit für unsere. Für Walters. Ich stand nur da und beobachtete ihn bei seinen gottgleichen Taten. Jeder Handgriff saß so präzise, als wäre er bei der Ausübung einer täglichen Routine. Ich konnte gar nichts sagen. Sreten hingegen schon.

»Ich habe keine Ahnung, was in euch gefahren ist und ich will es ehrlich gesagt auch gar nicht wissen. Aber wie zum Teufel« – Sreten hielt kurz inne, um mit einer genau für diese Situationen einstudierten Handbewegung den nächsten Akt einzuleiten – »kann man so bescheuert sein und frontal einen Polizeiwagen rammen?«

Ohne eine Antwort abzuwarten, polterte es weiter aus ihm heraus, nachdem er jeden von uns etwa vier Sekunden lang mit messerscharfem Blick anvisiert hatte.

»Und warum in Gottes Namen kommt man auf die Idee – Za ime Boga –, einen Polizisten schwer verletzt an einem Baumstamm festzubinden, um dann an ihm eine Operation durchzuführen?! Wollt ihr in den Knast?«

Ich wusste, dass die Antwort darauf Nein hätte lauten müssen, aber ich war nicht dazu in der Lage, sie auszusprechen. Also standen wir nur da und beobachteten Sreten dabei, wie er alle offensichtlichen Spuren verwischte, die diesen Wagen als Walters Wagen zu erkennen gegeben hätten. Ich war tief beeindruckt. Dann drehte sich Sreten um und starrte uns an.

»Jebiga«, brüllte er plötzlich los und bog sich vor Lachen. »Ti si lud covek, oboje.«

Sreten klopfte Damian so heftig auf die Schulter, dass der fast das Gleichgewicht verloren hätte. Offenbar hatte er noch etwas zu sagen.

»Ti si u redu, ihr habt Herz gezeigt und bewiesen, dass ihr Walter aus ehrlichen Beweggründen helfen wollt. Durch eure Venen fließt serbisches Blut, so viel steht fest. Aber merkt euch eins. Über die Sache mit dem Polizisten, den ihr an den Baum gebunden habt, möchte ich nie wieder sprechen. Ich weiß davon nichts, habt ihr verstanden?«

Damian und ich nickten synchron. Sreten hatte uns nicht nur vor einigen Jahren Knast bewahrt, sondern ermöglichte erst die Veröffentlichung meiner Geschichte. Und das war längst nicht alles.

Er kontaktierte ein Taxi, um auf schnellstem Weg zurück nach Vranje zu gelangen und zwirbelte dabei ein Stück Papier aus der Innentasche seines Sakkos.

»Ich glaube, das ist Walters. Hab ich in eurem demolierten Wagen gefunden. Vielleicht könnt ihr das noch gebrauchen.«

Dann reichte er mir Sreten Walters Brief.

ZURÜCK ZUM ANFANG

Es lagen ungefähr 13 Stunden Fahrt vor uns, die wir mit unserem demolierten Leihwagen nicht bewältigen konnten, ohne der Autobahnpolizei aufzufallen. Daher war guter Rat teuer und eine Lagebesprechung unausweichlich. Wir steuerten ein Kafić an, um unsere Rückreise zu organisieren. Nun, da wir das Schlimmste hinter uns gebracht und unsere Mission erfolgreich abgeschlossen hatten, konnte unsere Rückreise keinen echten Stolperstein mehr darstellen. Dennoch mussten wir darüber sprechen.

»Donesite nam dva espressa, molim« – Damian bestellte zwei Espressi in einer Mischung aus Polnisch und Serbokroatisch und schlug vor, den Wagen irgendwo abzustellen, ihn als gestohlen zu melden und mit dem Zug weiterzufahren. Ich hielt die Idee nach kurzer Überlegung für gut. Doch was dann passierte, war noch viel besser. Es waren keine drei Minuten vergangen, da betraten zwei bekannte Personen in Brioni-Anzügen das Café.

»Damian, Schilling! Ist das zu fassen? Verfolgt ihr uns?!«, brüllte der bärtige der Herren Kraus und klopfte mir so fest auf die Schulter, dass ich beinahe vom Stuhl rutschte. »Damian, zum Teufel, wie siehst du denn aus?«

Damian – das erste Mal halbwegs nüchtern nach einer ganzen Weile, aber noch immer blutverschmiert und sichtlich gezeichnet von dem Zusammenstoß – erzählte von unseren Absichten, mit dem Zug ins Land zurückzufahren, da aufgrund eines blöden Unfalls unser Wagen dazu nicht mehr in der Lage sei. Und das war nicht einmal gelogen. Da meldete sich erstmals auch der Herr Geschäftsführer Junior zu Wort und bot uns die Rückbank ihres Wagens für die Rückreise an.

»Wir wollten hier nur noch schnell einen Kaffee trinken, bevor wir losfahren«, sagte er und deutete durch das Fenster auf den geparkten Wagen. Dort stand ein offenbar ziemlich neues Modell eines Audi A8. »Da drin ist genug Platz für uns alle«, fügte er an. Nach all den Strapazen wollte uns das Universum offensichtlich etwas zurückgeben, redete ich mir kurz ein, bevor wir nach rund dreißig Minuten aufbrachen – der Heimat entgegen.

Alles war ruhig. Kein Getöse auf den Straßen. Die letzten Sonnenstrahlen des Tages kämpften sich noch hinter dem Horizont hervor, ehe sie der langsam eintretenden Dunkelheit wichen.

Mit einer Leichtigkeit in der Brust, die ich in dieser Form noch nicht verspürt hatte, ließ ich die vergangenen Tage im Stillen Revue passieren und kam zu dem Schluss, dass Ziele nur mit Hingabe und Herzblut zu erreichen sind. Dass wir uns entscheiden müssen, welchen Weg wir gehen wollen und welches Risiko wir bereit sind einzugehen. Kein Rückzug. Kein Aufgeben – so lautete die Devise in dieser Sache und ich hatte das Gefühl, dass wir trotz diverser Schwierigkeiten genau das erreicht hatten, was wir hatten erreichen wollen: die

Wahrheit in der subjektiven Wahrnehmung zu finden. Und das hatten wir.

Gleichzeitig gelangte ich zu der Gewissheit, allen Richtungen und Wegen offen gegenüberstehen zu müssen, um uns für einen zu entscheiden. Wir müssen das Leben als das erkennen, was es ist. Ein Sammelsurium an Möglichkeiten. Niemand ist in seinem Schicksal gefangen. Niemand ist ihm hilflos ausgeliefert. Wir haben die Wahl. Nur den Mut haben wir in den meisten Fällen nicht. Weil wir in einem Land aufgewachsen sind, in dem die Wege vorgegeben scheinen: Schule, Ausbildung und ein funktionierendes Werkzeug der Gesellschaft werden. Der Eigensinn wird uns praktisch schon im Kindesalter ausgetrieben. Kein Platz für eigene Ideen. Kein Platz für Kreativität. Wir werden zu Maschinen erzogen und sind oft in einem Leben gefangen, das uns nicht glücklich macht. Wir sind unzufrieden und wir sehen andere Menschen, denen es offensichtlich viel besser geht als uns selbst. Weil sie Glück hatten. Niemals aber, weil sie es verdient hätten. Unser Geist stumpft ab. Wir erkennen wahre Schönheit nicht mehr. Wir entwickeln Angst vor allem Fremden und übernehmen die Meinungen anderer ungeprüft. Weil die anderen es ja wissen müssen. Wir werden einfältig, weil wir tagein tagaus dasselbe tun, oft sogar in derselben Reihenfolge.

Wir wachen morgens auf und gehen zur Arbeit. Erledigen einen Job, der uns im Grunde keinen Spaß macht, aber Geld einbringt, das wir zum Überleben brauchen.

Nach acht bis zehn Stunden fahren wir nach Hause. Der Weg kostet uns manchmal einige Stunden unseres Lebens. Das summiert sich. Immerhin gibt es gute Jobs nicht an jeder Ecke. Da muss man Kompromisse eingehen. Manchmal kehren wir noch beim Wirt ein, um Frau und Kind zu ertragen. Manchmal nicht. Zuhause wartet das Abendessen. Das Kind wird zu Bett gebracht. Egal. Man hatte es ohnehin den ganzen Tag über nicht gesehen. Dann erzählen wir unseren Partnern von unserem beschissenen Tag und dass wir den Job irgendwann hinschmeißen würden, wovon wir wissen, dass wir es am Ende doch nicht tun. Unser Partner lässt die Schimpftiraden über sich ergehen. Irgendwann wird es besser werden, denken sie sich. Hoffen sie. In der Regel vergeblich. Danach geht es auf die Couch. Manchmal mit einer Flasche Bier. Man fiebert dem Hauptabendprogramm entgegen. Trash-TV auf höchstem Niveau. Zumindest beobachtet man Menschen, die noch verlorener scheinen als man selbst. Irgendwann nach der zweiten Werbeunterbrechung schlafen wir auf der Couch ein. Der Tag geht zu Ende. Ein identer wartet. Dazwischen fiebern wir dem nächsten Urlaub entgegen. Darauf haben wir immerhin schon lange gespart. Das gibt Hoffnung. Zumindest so lange, bis wir die Reise antreten. Am Ziel angekommen, geht es dann für gewöhnlich schon los. Das Hotel sieht ganz anders aus als im Prospekt. Und so viele Leute waren dort auch nicht abgebildet. Wir streiten mit unserem Partner, noch bevor der Urlaub begonnen hat. Von Erholung keine Spur.

Im All-Inklusive-Club saufen wir uns dann durch den Tag, um das alles einigermaßen zu ertragen. An einem guten Tag können wir uns zu einem Ausflug überwinden. Man will schließlich auch was zu erzählen haben. Dann ist der Urlaub auch schon wieder vorbei. Zuhause angekommen, geht alles wieder von vorne los. Was für ein Leben. Von Wohlstand umgeben und von Freude verlassen. Im Prinzip ist alles schlecht. Aber zumindest leben wir noch ...

Ist es tatsächlich normal geworden, ein vorprogrammiertes Leben zu leben, nur weil alle anderen es auch tun? Nach diesen, zugegebenermaßen äußerst einschneidenden, drei Tagen hatte ich eine Antwort für mich gefunden. Die Welt liegt uns zu Füßen. Wir haben die Wahl. Und mehr gibt es dazu eigentlich nicht zu wissen. Der sichere Hafen wird uns auf Dauer nicht glücklich machen. Da war ich sicher. Wir müssen in Bewegung bleiben und Abwechslung schaffen. Wir müssen unserem Herzen folgen und uns nicht von der Meinung anderer beeinflussen lassen. Es wäre so einfach. Aber wir sehen es nicht und dennoch bin ich sicher: Auch Walter kommt zur selben Erkenntnis. Er hatte eine Bruchlandung hingelegt. Und doch wird er zurückkehren. Stärker als jemals zuvor. Mit einer Vision und mit dem Glauben daran, die Welt verändern zu können. Weil er gelernt hat, sich auf seine innere Stimme zu verlassen. Er hatte das Leben herausgefordert und es hatte ihm einen linken Haken verpasst, der ihn direkt auf die Bretter beförderte. Aber: Er stand wieder auf. Klopfte sich den Staub von den Schultern und arbeitete an sich. Das beeindruckte mich. Vielmehr war Walter eine Inspiration. Ein Vorbild für so viele verlorene Seelen da draußen, die denken, sie wären dem Leben hilflos ausgeliefert. Man müsste ihm ein Denkmal setzen.

»I, I can remember. Standing, by the wall. And
the guns, shot above our heads. And we kissed,
as though nothing could fall. And the shame,
was on the other side. Oh we can beat them,
for ever and ever. Then we could be Heroes, just for
one day. We can be Heroes. We can be Heroes.
We can be Heroes. Just for one day. We can be Heroes.«

– David Bowie

Wir hatten die Strecke in einem durch hinter uns gebracht, als uns die Herren Kraus zuhause absetzten. Es war ungefähr acht Uhr morgens. Es muss ein Dienstag gewesen sein.

»Herzlichen Dank euch beiden. Ich melde mich wegen eines Termins noch kommende Woche. Das ist das Mindeste, was ich tun kann. Kommt gut nach Hause«, sagte ich und auch Damien verabschiedete sich dankbar.

Ich war völlig erschöpft. Aber ich war glücklich. Damian schienen ähnliche Zustände zu begleiten. Zwar sah er aus wie der Tod mit seiner doppelt gebrochenen

Nase und dem Blut überall, doch war eine gewisse Erleichterung in seinen Augen nicht zu übersehen.

»Ich hätte dir zwischendurch am liebsten das eine oder andere Mal eine verpasst, aber ich bin dir wirklich dankbar. Ich danke dir. Du hast uns gerettet. Du hast uns zurückgebracht. Das war eine verrückte Reise.«

»Scheiß dich nicht an. War doch alles halb so wild. Und nur, um dich daran zu erinnern. Du hast mir das eine oder andere Mal eine verpasst – ich will es nur gesagt haben.«

Dann begaben wir uns an unseren Ausgangspunkt zurück. In den Garten unseres Freundes, von dem aus man über die ganze Welt blicken konnte.

Der Ötscher wachte noch immer über das Land. Es hatte sich nichts verändert. Nur Paul war von seiner Reise zurückgekehrt und sah uns entsetzt an. Es war ihm nicht zu verdenken. Wir sahen erbärmlich aus. Blutverschmiert und sichtlich gezeichnet. Die Schilderungen darüber dauerten beinahe die ganze Nacht über an. Sie war unbeschwert, wie selten zuvor. Beinahe wie früher. Jugendhaft und sorglos. Die Zukunft lag uns zu Füßen. Dabei waren wir knapp vierzig. Nichts konnte uns aufhalten.

TUN, WAS ZU TUN IST

Am nächsten Morgen küsste mich die Sonne wach. Ich war auf der Gartenbank eingeschlafen. Früher einmal konnte eine solche Nacht meinem Körper nichts anhaben. Heute benötige ich entweder ein zehnminütiges Morgenworkout oder eine Schmerztablette. Ich entschied mich für die zweite Variante. Auf dem Tisch hatten wir einige Getränke zurückgelassen. Bier, Wein, Gras, Tabak. Eine angeschnittene Wassermelone und einige Limetten. Rum und Wodka. Pauls Ehefrau Maria sonnte sich einige Meter weiter auf einer Liege. Alles schien in Ordnung. Keine wichtigen Nachrichten auf meinem Telefon zu finden. Von Damian fehlte jede Spur. Wieder einmal. Paul hatte bereits den Griller angeheizt, jedoch gab es da noch etwas für mich zu erledigen. Ich musste zu Walters Mutter.

Frau Kanelopolus wohnte irgendwo zwischen Linz und Steyr. In einem kleinen Ort, an dessen Namen ich mich nicht erinnern konnte. So unbedeutend muss er gewesen sein. Sie wohnte allein mit dem zweiten Sohn. Der Vater hatte die Familie verlassen. Ungefähr zwei Monate, nachdem Walter verhaftet worden war. Frau Kanelopolus hatte einen Bürojob direkt im Ort. Sie nahm ihre Arbeit ernst. Generell war sie stets eine durch und durch gewissenhafte Frau mit Tendenzen zur Selbstaufopferung. Sie brauchte das. Sie brauchte das Gefühl, gebraucht zu werden. Ansonsten ging es ihr nicht gut. Und nun ging es ihr schon seit einer ganzen Weile nicht gut. Sie wurde gebraucht und konnte nicht helfen. Das musste auch ohne die Involvierung des eigenen Sohnes in einen Drogenprozess für Frau Kanelopolus das schlimmste Szenario überhaupt gewesen sein. Ihr waren die Hände gebunden. Genau wie allen anderen auch. Und das zu akzeptieren, war für Frau Kanelopolus ein beinahe unmögliches Unterfangen.

Nachdem ich ungefähr eine halbe Stunde lang geduscht hatte, um mir den Schmutz der vergangenen Tage abzuwaschen, fuhr ich los. 25 Minuten lang den eben beendeten Trip Revue passieren lassend. Der Schock saß noch immer tief. Es war eine emotionsgeladene Reise, für deren Vielfalt an Eindrücken man normalerweise ein ganzes Leben benötigte. Es war beinahe wie ein guter LSD-Trip. Man zehrt eine ganze Weile daran.

Vor der Wohnung angekommen, versuchte ich mich zu sammeln. Früher ging ich unangenehmen Gesprächen in der Regel aus dem Weg. Nun war ein Gedanke an Walter ausreichend, um nicht in alte Muster zurückzufallen. Ich war nervös und betätigte die Glocke. Die Sekunden strichen dahin. Ich hörte Schritte. Sanft und zielstrebig zugleich. Dann öffnete eine Dame mittleren Alters die Tür. Frisch sah sie aus.

»Ja bitte?«, sagte sie und sah mich fragend an. Die Augen hellwach, dennoch konnte ich auch so etwas wie Skepsis darin erkennen. Wer Kummer gewohnt ist, hat eine Nase dafür, wenn Kummer bevorsteht. Irgendwo hatte ich den Satz einmal gelesen. Er gefiel mir und ich behielt ihn im Gedächtnis.

»Guten Tag. Mein Name ist Bernard Schilling. Ich habe Ihren Sohn interviewt ...«

Frau Kanelopolus versuchte mit aller Kraft, die Tränen innerhalb ihrer Augen zu halten. Es gelang ihr nur halb.

»Kommen Sie herein«, sagte sie, »setzen Sie sich.«

Sie huschte in die Küche und bereitete Kaffee zu. Ich erzählte währenddessen von unserer Reise. Einige Details behielt ich für mich. Ich berichtete vom guten Zustand ihres Sohnes sowie von Sretens unermüdlichem Einsatz. Die Erleichterung war ihr anzusehen. Ich selbst hatte Sreten zunächst falsch eingeschätzt. Man darf sich von diesen Menschen nicht erwarten, dass sie ihren Job so erledigen, wie ihn Menschen in unserem Umfeld erledigen würden. Es war ein anderes Land und die Menschen hatten nicht viel. Da musste man sich durchschlagen. Aber bewusst schlecht beraten oder Versuche unternommen, um den Prozess hinauszuzögern, hatte er nicht. Er war ein mehr oder weniger ehrlicher Anwalt. Ein Widerspruch in sich also. Aber wir konnten uns auf ihn verlassen.

»Wissen Sie«, sagte Frau Kanelopolus, »das Schlimmste bisher war, nicht zu wissen, wie es Walter tatsächlich geht. Ob man ihm was antun würde; ich habe keine Ahnung von Gefängnissen. Und Walter auch nicht. Unsere einzige Informationsquelle war Sreten und um ehrlich zu sein, wusste ich bis jetzt nicht, ob ich ihm wirklich vertrauen kann. Es war die Hölle. Walter würde nie zugeben, wenn er schlecht behandelt werden würde. Sie können sich nicht vorstellen, was mir diese Worte bedeuten. Ich danke Ihnen wirklich aus tiefstem Herzen.«

Dann überreichte ich der Dame Walters Brief. Ihre Augen füllten sich erneut mit Tränen.

»Walters Wagen steht vor der Tür. Sie können ihn jetzt abmelden. Leider wurde er ein bisschen in Mitleidenschaft gezogen. Das war nicht zu verhindern.«

Wir unterhielten uns noch eine ganze Weile. Frau Kanelopolus schilderte ihr Leben mit Walter bis ins kleinste Detail. Erzählte aus seiner Kindheit und von den schwierigen Jahren ohne Mann und ohne Vater. Es war kein Groll in ihrer Stimme zu hören. Keine Verachtung. Es schien fast so, als hätte sie Frieden mit der Vergangenheit geschlossen. Als hätte sie die Dinge akzeptiert. Als hätte sie losgelassen.

Für eine Mutter musste es das Schlimmste auf Erden sein, den Sohn in einem ausländischen Gefängnis zu wissen. Vor allem, wenn der Sohn aus einer Verzweiflung heraus gehandelt hatte und nicht, weil er damit seinen Lebensunterhalt verdiente. Für Frau Kanelopolus muss es die größte Tragödie ihres Lebens gewesen sein. Nächtelang nicht zu schlafen. Nicht in der Lage zu sein, das große Warum aus ihrem Kopf zu drängen. Die Angst als ständigen Begleiter akzeptieren zu müssen. Und dann war da noch der jüngere Sohn, den sie bei all den Tumulten nicht vernachlässigen durfte. Ihr wurde eine Bürde auferlegt, die sie sich nicht ausgesucht hatte und diese Zeit unbeschadet zu überstehen, ist nicht selbstverständlich. Doch konnten Damian, Sreten und ich ihr zumindest eine leichte, spürbare, wenn auch vermutlich nur vorübergehende Linderung verschaffen. Zumindest hoffte ich das. Das zurückhaltende Strahlen in ihren Augen ließ mich allerdings noch lange daran glauben.

Brief an meine Mutter

Liebe Mama, lieber Konrad,

es ist nur ein kurzer Brief. Aber ich muss ihn schreiben.
Zu viele Dinge gehen mir durch den Kopf. Zu viele Fragen.
Vor allem aber das schlechte Gewissen lässt mir keine Ruh.
Es tut mir leid, damit sollte der Brief wohl beginnen.

Es tut mir leid! Diese Worte allein bedeuten gar nichts,
aber sie sind die einzigen, die ich sagen kann. Es tut mir leid,
dir schlaflose Nächte zu bereiten. Es tut mir leid, Konrad
kein besseres Vorbild zu sein und es tut mir leid, euch in so
großer Sorge zurückgelassen zu haben. Ich habe das
alles nicht gewollt. Ich habe die Kontrolle verloren. Dass ihr
das jetzt ausbaden müsst, so weit habe ich nicht gedacht.
Und jetzt, da ich viel Zeit habe darüber nachzudenken, ist es
genau dieser Gedanke, der mich nicht schlafen lässt.
Es tut mir leid.

Die gute Nachricht, wenn man sie als solche bezeichnen will, mir geht es gut und ich werde nicht schlecht behandelt. Du musst dir keine Sorgen machen, dass mir hier irgendetwas zustoßen könnte. Es sind nur die Umstände, die schrecklich sind. Die Zellen, die Organisation, das Essen. Aber, damit komme ich klar. Da kommt es nur auf die Einstellung an und was das betrifft, denke ich, habe ich mich in den letzten Monaten gut erholt. Mach dir also bitte keine Sorgen.

Du musst wissen, ich habe dich immer geliebt, auch wenn es mir schwerfällt, meine Gefühle auszudrücken. Das trifft im Übrigen auch auf Konrad zu. Ich kann nur erahnen, wie schlimm das alles auch für ihn sein muss und wie sehr er mit der Situation zu kämpfen hat. Er ist noch so jung und er sollte unbeschwert seine Jugend durchleben, anstelle das alles mitansehen zu müssen. Ich liebe ihn. Und ich würde mein Leben geben, um euch das alles zu ersparen. Das sagt sich leicht, wirst du dir vielleicht denken; das mag sein. Aber egal was ich sage, es wird nicht gut machen können, was ich getan habe. Es sind nur Worte. Sätze. Aber mehr Mittel stehen mir im Moment nicht zur Verfügung. Ich habe keine Ahnung, wie ich das jemals wieder gut machen soll.

Ich liege gerade in meinem Bett und denke daran, wie schwer du es mit mir als Kind hattest. Als du mich vom Einkauf nach Hause geschliffen hast, weil ich mich weigerte weiterzugehen und du dir dabei das Bein gebrochen hast. Noch heute sind die Spuren des Gummipfropfens auf dem Gehgips deutlich am Parkettboden zu sehen. Denkst du, dass wir auch über diese Geschichte hier irgendwann einmal lachen können? Wir hatten unzählige Kämpfe ausgetragen. Und ich bin nicht stolz darauf. Vielleicht war es die Vorbereitung darauf, was noch kommen sollte. Ich weiß es nicht. Denkst du, dass das Leben vorherbestimmt ist? Ich glaube nicht. Mir gefällt der Gedanke nicht, das eigene Leben nicht kontrollieren zu können. Dennoch habe ich sie verloren. Die Kontrolle. Was ist mit dem freien Willen? Existiert er tatsächlich? Oder resultiert er nur aus den eigenen Erfahrungen, die wir gemacht haben? Sind diese Fragen überhaupt von Bedeutung?

Manchmal denke ich, dass alles, was wir in unserem kurzen Leben tun oder nicht tun, völlig bedeutungslos ist. Für wen spielt es eine Rolle, wenn wir erst gestorben sind und der Staub der Zeit alle unsere Spuren verwischt hat? Wir geraten in Vergessenheit und nur wir selbst sind es, die nicht damit klarkommen. Findest du das nicht eigenartig? Ist der Mensch nicht vom Größenwahn getrieben? Was bleibt übrig, wenn Macht, Geld und Wohlstand irgendwann einmal keine Rolle mehr spielen? Was ist die Essenz? Worauf können wir stolz sein?

Es sind solche Fragen, die mich jetzt schon seit einer Weile beschäftigen. Weil ich Zeit habe und weil ich mich offenbar gerade in irgendeine Richtung weiterentwickle. In welche Richtung auch immer. Der Stillstand hier drinnen ist kaum zu ertragen. Es fühlt sich so an, als wäre die Zeit innerhalb dieser Mauern stehen geblieben, während außerhalb dieser Mauern das Leben weiter voranschreitet. Ohne Rücksicht auf mich zu nehmen. Wie kann es nur? Ich habe Angst, in Vergessenheit zu geraten. Aus den Augen, aus dem Sinn. Ich habe Angst, dass die Erinnerung an mich langsam verblasst. Es sind dumme Ängste, aber ich kann sie nicht leugnen. Irgendwann wird man sich daran gewöhnt haben, dass ich nicht mehr da bin. Das Leben geht weiter. So oder so. Kein Teil davon zu sein tut weh. Aber so ist es nun. Damit muss ich fertig werden.

Im Gegensatz dazu habe ich keine Angst vor dem Urteil. Ich weiß, dass es bei diesem Strafmaß nicht bleiben wird. Ich weiß es einfach. Das Urteil beruht auf der Annahme, ich hätte innerhalb einer kriminellen Organisation gehandelt. Das stimmt nicht. Und es gibt keinen Beweis dafür. Kein Gericht der Welt würde dem Urteil in dieser Form zustimmen. Das zumindest sagt Sreten. Und was das angeht, vertraue ich ihm. Die Anschuldigungen sind nicht haltbar.

Ich wollte Konrad so vieles sagen, und finde nicht die passenden Worte. Das alles ist zu viel für ihn. Es wäre für alle in diesem Alter zu viel. Er hat sein ganzes Leben noch vor sich; ist gerade dabei erwachsen zu werden und muss das alles nun über sich ergehen lassen. Es ist schrecklich. Es ist schrecklich, was ich ihm angetan habe, und trotzdem weiß ich nicht, was ich sagen soll.

Ich schäme mich. Ich hätte auf ihn aufpassen müssen. Ich hätte ihm ein Wegweiser sein müssen. Und ich hätte für ihn da sein müssen. Hätte, hätte Fahrradkette. Ich bin ein Idiot!

Ich werde das nicht wieder gut machen können. In 100 Jahren nicht. Und wie ich uns kenne, werden wir nicht einmal viel darüber reden, sobald ich das Gefängnis verlassen habe. Wann auch immer das sein wird. Weil die Freude darüber, alles überstanden zu haben, alles andere überschatten wird. Das ist nicht gut. Aber es wird so passieren. Glaube ich. Weil wir noch nie mehr über Probleme gesprochen haben als unbedingt nötig. Und weil wir dafür offenbar nicht gemacht sind. Vielleicht haben wir es nicht gelernt. Man kann nicht alles können. Und trotzdem habe ich das Gefühl, dir/euch zumindest einmal im Leben sagen zu müssen, wie lieb ich euch habe und wie viel ihr mir bedeutet. Ich würde euch so gerne diese Last abnehmen und bin doch nicht dazu im Stande. Ich kann nur dasitzen und warten.

Manchmal denke ich, dass bestimmte Dinge im Leben einfach passieren müssen. Das mag abgedroschen klingen, aber ich kann diesem Gedanken etwas abgewinnen. Manche Menschen lernen es nicht anders. Manche Menschen benötigen einen Totalzusammenbruch, um wieder klar sehen zu können. Um sich wieder bewusst zu machen, wie schön und einzigartig das Leben ist. Es ist ein Wunder, das man in der Regel nicht zu schätzen weiß, weil es selbstverständlich geworden ist. Das ist traurig. Ich sehe es an mir selbst. Irgendwann war das Leben für mich nur noch eine Anstrengung. Ein Alptraum. Ich hatte keine Freude mehr daran. Jeder einzelne Morgen bedeutete die pure Qual. Wie kann es so weit kommen, frage ich mich oft und finde doch keine zufriedenstellende Antwort. Vielleicht weil man das eigene Leben nur aus einem Blickwinkel betrachtet. Aus einem beschränkten Blickwinkel, der nur auf die eigenen Probleme gerichtet ist. Alles andere, was das Leben zu bieten hat, ist abgeschottet. Es verbirgt sich im Schatten. Es ist beinahe so, als wäre man in einer Parallelwelt gefangen, in der es kein Licht gibt. Man kann es sich kaum vorstellen und es ist wirklich beängstigend, wie man innerhalb so kurzer Zeit in ein solches Loch fallen kann. Hätte ich nur mit jemandem darüber gesprochen, dann wäre das alles nicht passiert.

Ich denke jeden Tag daran, wie es sein wird, wenn ich euch wieder in die Arme schließen kann. Wenn das alles vorbei ist und die schwere Last von deinen Schultern gefallen ist. Jeden Tag denke ich daran und versuche mich in diesen Moment hineinzufühlen. Die Wärme aufzusaugen. Manchmal lächle ich unbewusst dabei. Für die Gedanken gibt es keine Mauern. Man kann mit ihnen an jeden beliebigen Ort reisen. Zu jedem beliebigen Menschen. Sie sind ein Wunder. Manchmal sind sie ein Fluch, aber nur, wenn man ihnen freien Lauf lässt und sie nicht zu bändigen weiß. Das ist der Schlüssel. Ich träume mich gerne davon. Und meistens

träume ich mich zu euch. Das gibt mir Kraft.
Und es schenkt mir Ruhe.

Ich hoffe, wir können uns bald wiedersehen. Und bis es so weit ist, wünsche ich euch nur das Beste, viel Kraft und Gesundheit und wie gesagt, macht euch keine Sorgen.
Ich hab hier alles im Griff. Ich liebe euch.
Von ganzem Herzen.

Euer Walter

PS: Und vergiss nicht: Wir schaffen das.
Wir sind Kanelopolus'.
Wir haben noch immer alles geschafft.

4
NACHWIRKUNGEN

Oft ist es besser, nicht alles bis ins kleinste Detail zu hinterfragen, bevor wir eine Entscheidung treffen. Oft ist es besser, sich auf sein Bauchgefühl zu verlassen, auf die innere Stimme, die in der Regel das Beste für uns will, ohne sich an der Außenwelt zu orientieren.

DIE EIGENE STIMME GEFUNDEN

Es war wenig überraschend, dass die Art der Berichterstattung meinem Boss nicht gerade ein Lächeln auf die Lippen gezaubert hatte. Fuchsteufelswild zerriss er meinen 7.000-Zeichen-Bericht in tausend Fetzen und erlitt aufgrund seines Wutausbruchs beinahe einen Schwächeanfall. Ob sie mir »ins Gehirn geschissen hätten« und dass ich mir meine letzte Gage »einrexen« könne, ließ er mich noch wissen, ehe er mich für immer aus seiner Redaktion verbannte. Ich hätte es mir denken können.

Wie auch immer. Zu meiner Überraschung fand ich aber ein Medium, das den Bericht abdruckte. In voller Länge und ohne jegliche Korrektur. Ungefähr zwei Wochen nach meiner Rückkehr erschien er in einem in Österreich bekannten Wochenmagazin. Die Reaktionen darauf waren überwältigend. Zwar zeigten sich bei weitem nicht alle Leser mit meiner Sichtweise einverstanden, doch entstand zumindest eine lebhafte Diskussion. Unzählige Leserbriefe erreichten die Redaktion, worauf mir die Chefredaktion ein langfristiges Arrangement angeboten hatte. Und das war mehr, als ich zunächst erwartet hätte.

Damian hatte sich nach diesen aufreibenden Tagen zu einer einmonatigen Thailandreise entschlossen, um für das bevorstehende Schuljahr Kraft zu tanken. Mit dem Rucksack quer durch das Land, drei Tage Bangkok sowie Entspannung auf Thailands Inseln hatte er geplant – eine Reise, die sich auch mit meiner neuen Anstellung hätte verbinden lassen. Hätte ich es wenige Tage nach unserer Rückkehr nicht erneut mit der Polizei zu tun bekommen.

Es war der Nachmittag eines sonnigen Dienstags, als ich mich in einem Gastgarten mitten auf dem Ennser Hauptplatz mit einem Kollegen unterhielt, der von der Lokal- in die Sportredaktion gewechselt war und sich gerade auf der Durchreise nach Salzburg befand. Ich hatte gerade das dritte Bier geordert, als ich wenige Meter entfernt, direkt vor dem sechzig Meter hohen Stadtturm, ein mir bekanntes Gesicht entdeckte. Ob es mir tatsächlich bekannt war, vermochte ich aus dieser Distanz nicht sicher zu sagen, weshalb ich noch für einige Augenblicke auf meinem Stuhl verharrte und das Geschehen aus sicherer Entfernung beobachtete. Eine zierliche Person, die nun schon seit geraumer Zeit versuchte, den Stadtturm in seiner vollen Größe mit ihrer Kamera einzufangen, was bereits so einige Touristen vor große Herausforderungen gestellt hatte. Sie trug eine große Sonnenbrille, enge Jeans und ein Sommerhemd mit kurzen Ärmeln, blau-weiß gestreift. Das Haar trug sie offen, was mir die Unternehmung, sie tatsächlich zu identifizieren, zunächst etwas erschwerte. Als sie dann aber für einige Sekunden in meine Richtung blickte, ohne mich zu sehen, erhärtete sich der Verdacht, dass ich die junge Dame bereits einmal gesehen hatte. Nachdem sich mein Kollege verabschiedet hatte und seiner Wege ging, setzte ich einige Schritte in Richtung des Mädchens. Ihr Alter schätzte ich auf etwa dreißig.

»Hätten Sie eventuell Interesse an einer Stadtführung«, sagte ich und nahm die Sonnenbrille ab.

Das Mädchen drehte sich um und sah mich irritiert an. Ich konnte förmlich sehen, wie ihr Gehirn nach Antworten suchte.

»Ich kenn‘ Sie von wo«, antwortete sie lächelnd und verwirrt zugleich.

»Benötigen Sie einen Tipp?«

»Einen kleinen vielleicht.«

»Nun gut«, sagte ich, »Sie müssen die Kamera ein bisschen drehen, wenn Sie das ganze Ding einfangen wollen ...«

Das Mädchen lachte. »Sie sind lustig. Das hab‘ ich nicht gemeint und das wissen Sie.«

»Bernard«, sagte ich und streckte ihr meine Hand entgegen.

»Hannah«, antwortete das Mädchen. »Sogar Ihr Name kommt mir bekannt vor.«

»Konnten Sie den BMW einholen oder ist er Ihnen entwischt?« Da fiel es ihr offenbar wie Schuppen von den Augen.

»Sie sind«, stotterte sie dahin, »der, von dem ich sicher war, er wäre vollgedröhnt, wie nur was ...«

»Aber ich war nur Beifahrer.«

»Ihr Kollege sah nicht viel besser aus.«

»Der war stocknüchtern, glauben Sie mir. Darf ich Sie auf einen Drink einladen? Sie sehen durstig aus.«

»Nur wenn sie danach Ihr Angebot mit der Stadtführung einlösen ...«

Ich hatte meine Stimme gefunden. Das war für mich persönlich die beste Nachricht an der ganzen Geschichte, weil ich nun wusste, was ich beruflich und aus journalistischer Sicht tun musste. Ich musste weitermachen. Denn wer die subjektive Wahrnehmung dazu nutzt, nicht die reine Objektivität als einzige Wahrheit zu erkennen, wird Zeuge vieler Hintergrundgeräusche, die die Wahrheit am Ende in einem ganz anderen Licht erscheinen lassen können. Warum? Weil es die reine Objektivität nicht gibt. Sie existiert nur auf dem Papier; in unserer Fantasie. In der Realität existiert sie nicht. Sie ist immer und ohne Ausnahme von subjektiven Begleiterscheinungen einzelner Personen beeinflusst, was zur Verzerrung der Wahrheit führt. Das Problem liegt in der Ignoranz, diese Subjektivität nicht als Teil der Wahrheit anzuerkennen. Wir glauben, eine bestimmte Situation rein objektiv zu betrachten und merken nicht, wie unsere Erfahrungen und unsere bisherigen Erlebnisse sowie unsere daraus geformte Meinung die Situation verzerren. Weil wir sie gar nicht frei von unseren Erfahrungen betrachten können. Das ist nicht möglich.

Wenn wir hingegen unsere subjektive Wahrnehmung nutzen, um mit ihr die vermeintliche Objektivität zu erweitern, dann ergibt sich am Ende ein viel größeres Bild. Eine tiefere, von mehreren Seiten aus betrachtete Wahrheit, die der allgemeinen Wahrheit viel näher kommt, als es die rein objektive Wahrnehmung allein jemals tun könnte. Diese Art des Journalismus darf nicht als einzig richtige verstanden werden, aber sie muss ein Teil des Ganzen sein. Eine Ergänzung. Sie muss Hand in Hand mit anderen journalistischen Stilformen gehen, gerade in einer Zeit, in der der Journalismus um sein Überleben kämpft. Er bringt Frische und erzählt dennoch Fakten. Vor allem aber erzählt er; ausführlich und detailreich; er schmiedet Fakten zu Geschichten und er würde besonders in der digitalen Welt mit der Einbindung von Bildern und Videos Nachrichten in reale Erlebnisse verwandeln. Das war es, was ich tun musste.

Ende

DIE AUTOREN

Markus Posset ist ein bekannter österreichischer Medienmanager, Medienökonom, Autor von Fachbüchern, Investor, Unternehmens- und Politikberater. Er war u.a. COO der Echo Medienhaus-Gruppe, Managing Director der Verlagsgruppe News (VGN) und somit auch Chef der beiden österreichischen Leitmedien *Profil* und *Trend* sowie Geschäftsführer der Mediengruppe Österreich. Nebenbei ist er als Lektor der Fachhochschule Wien für Journalismus & Medienmanagement tätig. Markus Posset wurde 2021 das »Goldene Verdienstzeichen« seitens der Republik Österreich durch den österreichischen Bundespräsidenten für seine besonderen Verdienste als Medienmanager verliehen. Weiters wurde Markus Posset seitens des albanischen Ministerpräsidenten und Exequatur durch den österreichischen Bundespräsidenten als »Honorarkonsul der Republik Albanien in Österreich« bestellt.

www.markusposset.com

Quinton Aaron ist ein amerikanischer Schauspieler und Sänger. 2007 gelang ihm der TV-Durchbruch mit der Rolle des Michael Oher im Hollywood Blockbuster *Blind Side*. Neben Quinton spielte Sandra Bullock die Hauptrolle und bekam dafür den Oscar verliehen. Der Film wird weiterhin in Kabelwiederholungen auf der ganzen Welt ausgestrahlt, und erreichte bisher über 500 Millionen Menschen.

Unmittelbar nach der Veröffentlichung des Films erhielt Quinton Nominierungen in folgenden Kategorien: MTV Movie Award für die beste Leistung, NAACP Image Award für den herausragenden Schauspieler in einem Kinofilm, BET Award für den besten Schauspieler und den Teen Choice Award in der Kategorie Choice Movie Breakout Star. Quinton war Gaststar in mehreren TV-Spots in Shows wie *Law and Order: SVU, Drop Dead Diva* und *One Tree Hill,* um nur einige zu nennen. Er hat aktuell über 50 IMDB-Credits und seine eigene Produktionsfirma namens BOM Productions LLC.

Kürzlich wurde Quinton in *The Wedding Pact 2: The Baby Pact* mit Haylie Duff besetzt, der Mitte Juni in die Kinos kommt. Aktuell spielt er eine Hauptrolle in dem Spielfilm *The Walk-Ons* mit Stone Cold Steve Austin und Chris Jericho gebucht.

Die „KRAUS GmbH" in Brunn am Gebirge wurde im Jahr 1998 gegründet und ist heute einer der führenden Anbieter für Glasbeschläge.

Seit vielen Jahren vertrauen uns Kunden aus Österreich, Europa und vielen anderen Ländern weltweit.

Das große Produktangebot wird laufend an die Marktanforderungen angepasst. Ein Beispiel hierfür ist unser weltweit patentiertes Produkt beseal®.

Unsere Produkte werden aus hochwertigen Materialien hergestellt und sichern unseren Kunden die beste Qualität.

Durch laufende Investitionen in Technik, Schulungen und Weiterbildungen sind wir stets auf dem neuesten Stand der Technik und des Designs, um somit den Kundenansprüchen gerecht zu werden.

Seit 2014 sind wir nach ÖNORM EN-1090-1:2012 zertifiziert.

2019 haben wir nach über einjähriger Bauzeit unser neues Firmengebäude eröffnet und bieten neben einem großen Schauraum auch ein größeres Lager für die schnellere Verfügbarkeit unserer Produkte.

Aktuell befinden wir uns nicht nur in der Einführungsphase neuer Produkte und Innovationen, sondern setzen unsere Expansionsvorhaben sukzessive um. Konkret ist ein weiterer Standort mit Lager, Büro und R&D-Abteilung in Planung.

Produktwelt der Kraus GmbH:

- Aluminiumprofile
- Punkthalter
- Vordächer
- Stoßgriffe
- Schiebetürbeschläge
- Ganzglaslösungen
- Duschbeschläge
- Railings und Railingsysteme
- Balkon- und Terrassensysteme
- Pergola
- Winter- und Sommergartensysteme

Für Informationen und weiteres zu unserem Unternehmen besuchen Sie unsere Homepage unter www.kraus-gmbh.at.